JN304314

シュガーアップル・フェアリーテイル

銀砂糖師と紺の宰相

三川みり

18135

角川ビーンズ文庫

CONTENTS

シュガーアップル・フェアリーテイル
銀砂糖師と紺の宰相

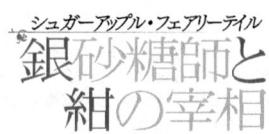

シュガーアップル・フェアリーテイル
STORY&CHARACTERS

妖精
ミスリル

戦士妖精
シャル

銀砂糖師
アン

妖精
エリル

妖精
ラファル

妖精
ベンジャミン

砂糖菓子職人
キース

銀砂糖師
キャット

今までのおはなし

妖精ラファルに剣で貫かれ、命を失いかけた銀砂糖師アン。エリルの力で命を救われるも、アンは砂糖菓子を作る感覚を失っていることに気づく!!　エリルの力は、命の代償に大事な能力を奪うものだった!!　アンは一から修業をし直すため、シャルとミスリルとともに、ペイジ工房に向かうが――!?

砂糖菓子職人の3大派閥

3大派閥……砂糖菓子職人たちが、原料や販路を効率的に確保するため属する、3つの工房の派閥のこと。

銀砂糖子爵
ヒュー

ラドクリフ工房派
工房長
マーカス・ラドクリフ

マーキュリー工房派
工房長
ヒュー・マーキュリー
（兼任）

ペイジ工房派
工房長
グレン・ペイジ

砂糖菓子職人
ステフ・ノックス

工房長代理 銀砂糖師
ジョン・キレーン

工房長代理 銀砂糖師
エリオット

砂糖菓子職人
キング

砂糖菓子職人
ナディール

職人頭
オーランド

工房長の娘
ブリジット

本文イラスト／あき

一章　妖精が見つけた危機

「見えてきましたよ」

　箱形馬車の御者台《ぎょしゃだい》で手綱《たづな》を握《にぎ》っていたアンの目に、二つの城を台地に戴《いただ》き、その周囲を取り巻くように発展した城下町が映った。

　台地に建造された二つの城は、白と黒と色彩《しきさい》こそ違《ちが》うが構造はほぼ同じで、森に囲まれた湖を挟《はさ》んで向かいあっている。黒い石を城壁《じょうへき》に利用した城は、州公の居城ウェストル城。そして白い石を城壁に利用した城が、銀砂糖子爵《ししゃく》の居城シルバーウェストル城。磨《みが》かれた石が光を反射し、白と黒の城の尖塔《せんとう》は青空の中にひときわ優雅《ゆうが》にそびえている。

　そこはシャーメイ州の州都、ウェストルの街だった。

　指さしたアンの視線と同じく、御者台の隣《となり》に座るエリオット・ペイジの視線もウェストルの遠い街並みに向かった。赤毛のペイジ工房長《こうぼうおさ》代理は、腰《こし》の位置を変えて座り直し、

「やっとついたねぇ」

　と答えた。しかしその表情はどこか物思わしげだ。すぐに街の遠景から目をそらすと、頭の後ろに腕《うで》を組んで空を見あげる。

空は秋らしい薄《うす》い青。真昼をすこし過ぎた時間の、ほどよい温《ぬく》もりをもった太陽の光は柔《やわ》らかい。エリオットの赤毛もアンの麦の穂《ほ》色の髪《かみ》も、優《やさ》しい光にすけている。

「コリンズさん？　なにか気にかかることでも？　難しい顔してますけど」

いつもの彼らしからぬ反応に、アンは首を傾《かし》げた。

「おまえのとりえは、にやけた垂れ目だ！　にやけてないと、おまえの価値が半減するぞ！」

アンとエリオットの間に座る、湖水の水滴《すいてき》の妖精ミスリル・リッド・ポッドが、偉《えら》そうにびしりと指を突《つ》きつけ、彼なりの説教をする。するとエリオットも気を取り直したらしく、ミスリルに向かってひらひらと手を振《ふ》った。

「的確な評価を、どうもありがとう。でもなぁ。この状況《じょうきょう》でにやにやしてたら、そこの怖《こわ》い顔した妖精さんに御者台から引きずり下ろされそうだからねぇ」

その言葉に、ミスリルは箱形馬車と並行して歩む馬にふり向いた。馬を操《あやつ》る人物は、艶《つや》やかな黒髪《くろかみ》。御者台の方を見ようともしない端整《たんせい》な横顔は、黒曜石の妖精シャル・フェン・シャルだ。すらりと騎乗《きじょう》するその姿勢良い姿と、背に流れる、太陽の光を淡《あわ》くまとうような片羽の輝《かがや》きは、見ほれるほどに精悍《せいかん》で美しい。

長い睫《まつげ》が影《かげ》を落とす横顔は、箱形馬車に関心なさそうに装《よそお》ってはいる。が、全神経を総動員してこちらの様子を気にしているのが気配でわかる。

ミスリルはぶるっと羽を震《ふる》わせた。

「ほ……ほんとうだ！　なんか怖いぞ！　シャル・フェン・シャルが！　なんでだ!?」

ひそひそとエリオットに問いかけるミスリルに、エリオットもひそひそ声で返す。

「今更《いまさら》気がついたの？　この二日間ずっとだよ。俺とアンが並んで御者台に座ってるのが気に入らないんだってば」

聞こえよがしのひそひそ声に、シャルがじろりと二人を睨《にら》む。

「黙《だま》らないと、本当に御者台から引きずり下ろすぞ。垂れ目」

「怖い顔しないでよ、シャル。俺、馬に乗れないからこの配置は仕方ないんじゃない？　安心してよ。アンのお尻触《しりさわ》ったりしていないし、まだね」

へらっと答えたエリオットに、シャルはさらに鋭《するど》い目を向ける。

「触ったら、引きずり下ろした後に底なし沼《ぬま》にたたき込む」

「…………触りません。神にかけて」

無表情に答えたシャルの声は、厳冬期の山頂に吹《ふ》きすさぶ風のように冷たい。さすがのエリオットも、胸に手を当てて誓《ちか》い、引きつった笑《え》みを浮《う》かべる。

「コリンズさん、そんなに怖がらなくても。今のは冗談《じょうだん》ですよ。そうよね、シャル？」

場の雰囲気《ふんいき》をなごませようと、とりなしたアンの問いにも、シャルはつんと横顔を向けたままだった。ミスリルが、恐《おそ》る恐るアンの袖飾《そでかざ》りのレースを引っ張る。

「アン。多分本気だぞ、あいつ……」

「はは……まさか……」

と、笑って答えたが、シャルの横顔を見ると、あながちミスリルの読みは間違《まちが》っていない気もした。

ミルズフィールドを出発してからの二日間、シャルはすこし機嫌《きげん》が悪い。その原因はやはり、アンの隣《となり》にずっとエリオットが座って、あれこれと親しく話をしているからなのだろうか。

アンがシャルに、恋人《こいびと》にして欲しいとお願いし、彼がそれに応《こた》えてくれたのがたった二日前だ。口づけをかわし、やっと本当に恋人どうしになれたのだと感じた。

あの時のことを思い出すと自然と頰《ほお》が赤らむので、極力考えないようにしていた。あの瞬間《しゅんかん》は、今まで経験したことがない甘いしびれが体を満たして、膝《ひざ》が崩《くず》れそうなほどうっとりした。

――わわわっ！　駄目！

その感覚を思い出しそうになり、慌《あわ》てて頭の中から記憶《きおく》を追い散らす。

アンがエリオットとばかり話していることでシャルが不機嫌になるのなら、それは本当に申し訳なかった。しかし同時に、彼がそんな些細《ささい》なことで不機嫌になるのが、すこし嬉《うれ》しくて、くすぐったい。その嬉しさとくすぐったさが、恋の幸福感なのだろうか。

そうはいっても本来なら、シャルが不機嫌になることはしたくないのだ。

だがエリオットと話しこみがちになるのは、避《さ》けられなかった。

二日前の早朝。銀砂糖子爵ヒュー・マーキュリーが遣《つか》わし、突然《とつぜん》ペイジ工房を訪《おとず》れた使者。

その使者がもたらした命令に、ペイジ工房は浮き足立った。

使者は、ペイジ工房とその配下の工房すべてに、砂糖林檎《りんご》の収穫《しゅうかく》と銀砂糖の精製作業を中止するように告げた。そしてペイジ工房派長代理のエリオットと、その時、ペイジ工房に逗留《とうりゅう》していたアンとシャルたちに、急ぎシルバーウェストル城に来るようにと伝えたのだ。

今は、砂糖林檎収穫の最盛期だ。

収穫の最盛期に、収穫や銀砂糖の精製を中止せよとの命令は、にわかに信じがたい。しかもその大事な時期に、長代理を工房から引き離《はな》すというのも、またありえない命令だ。

工房に所属する職人たちは、一様に、不安と不満を抱《いだ》いた。

なぜ銀砂糖子爵が、このような命令を出したのか。使者は理由を聞かされていなかったので、直接、自分たちが出向いて銀砂糖子爵の真意を確かめるしかない。

そのため長代理のエリオットは命令に従い、ウェストルへ行くことを即座《そくざ》に決断したのだ。

エリオットは、ペイジ工房派配下への説明やとりまとめを、新たに職人頭《がしら》となったキングに託《たく》した。

さらに、独立のためにペイジ工房を離れようとしていた前職人頭のオーランドも、出発を先延ばしにした。彼はペイジ工房本工房内で、浮き足立つ職人たちをまとめる役を買って出てくれたのだ。そのオーランドと一緒《いっしょ》に、自然とブリジットも、職人たちをなだめすかす役目に廻《まわ》ってくれた。

意外にも、ブリジットの存在が混乱する職人たちをなだめるのに一番役に立った。

理路整然と、淡々《たんたん》と、不満や不安に対応するオーランドに対して、職人たちは彼に甘え、八つ当たりするかのようにさらに興奮した。

そんな様子を見ていたブリジットは、職人たちの態度に我慢《がまん》できなくなったらしい。突然、怒《いか》りと苛立《いらだ》ちを爆発《ばくはつ》させて職人たちを怒鳴《どな》りつけたのだ。感情的で、しかし頭のいい彼女らしく筋の通った罵倒《ばとう》に、職人たちは逆に冷静になりおとなしくなってくれた。

本来ならば、職人たちにとって一年で最も希望に満ちあふれ、仕事を楽しむ時期だ。そこにもたらされた命令に、職人たちが戸惑《とまど》うのはしかたがなかった。

銀砂糖子爵が、理由もなくこんなおかしな命令を出すはずがない。

なにが起こっているのか、ペイジ工房を出発してからもずっと、あれこれ考えてしまう。勢い、同じように話ができる職人のエリオットにばかり話しかけてしまうのだ。

「なにか気がついた事でもあるんですか？　コリンズさん」

シャルが不機嫌なのを知っていながら、アンは我慢できずにエリオットに問いかけた。彼は赤毛をくしゃくしゃ掻きながら、唸《うな》る。

「う～ん。子爵が、名指しで職人を呼んだのが気になって」

「え？」

「以前、砂糖林檎の不作の時と、銀砂糖妖精を育てるって王命が下った時と。どちらも、長《おさ》もしくは長代理を招集するとか、職人頭を招集するっていうように、工房での肩書《かたが》きを指定してきたんだ。それが普通《ふつう》なんだよね。けれど今回は、エリオット・ペイジと、アン・ハルフォードって、指名してきたよね」

「そうですね。確かに……」

砂糖菓子の派閥《はばつ》を巻きこむことならば、必ず工房での役職を指名するはずだ。しかし今回に限って、名指しで職人を呼んでいる。

しかもペイジ工房から呼ばれたのが、派閥の長代理のエリオットと、アンだ。

現在ペイジ工房で修業《しゅぎょう》しているとはいえ、アンは厳密にはペイジ工房の職人ではない。それなのに、砂糖菓子職人の組織に関《かか》わる会議に彼女を呼ぶというのはおかしな話だ。

そこでふと思い出す。

——前にも、ヒューが名指しで職人を呼んだことがあった。

それは最後の銀砂糖妖精《ようせい》ルルの弟子《でし》として、その技術を受け継《つ》ぐ職人を選定したときだ。その時ヒューは、彼がこれぞと見込んだ職人を名指しで招集した。

「使者の方は『会議をする』って伝えてきましたけれど……本当の目的は、会議じゃないのかもしれないですよね」

ぽつりとアンが言うと、エリオットは軽く首を傾げる。

「どういう意味？」

「会議のためなら、長や職人頭を呼ぶのが妥当《だとう》ですよね。でも名指しで職人を呼ぶとなると、その職人になにかをさせたいのじゃないかと思って。ルルの時みたいに」

「なるほどねぇ」

エリオットはまた空を見あげるが、その目は薄《うす》い雲の一点を見つめて、なにやら考えを巡《めぐ》らせているようだ。

――とにかく、もうすぐウェストルに到着《とうちゃく》する。理由はすぐにわかる。

手綱《たづな》を握《にぎ》りなおし、アンはふと自分の手を見おろす。

――でも。職人が必要だというなら、今のわたしを呼んで、ヒューは何をしようとしているんだろう？

命を救われる代償《だいしょう》に、アンは砂糖菓子作りの感覚を失ってしまった。それを取り戻《もど》すべくアンはペイジ工房に赴《おもむ》き、そこでエリオットと修業をはじめたのだ。

そのおかげで、基本的な銀砂糖の扱《あつか》いは可能になった。だが作品を作る技術に関しては、まだまだだ。

ウェストルへ向かうこの二日間の旅の道中も、就寝《しゅうしん》前に、エリオットに無理を言って作品を作る手順を一緒に再現してもらっていた。彼と一緒に、小さな薔薇《ばら》の花を作ってみた。いちおうの形になったし、エリオットの指の動き、道具の扱いなどはしっかりと頭にたたき込んだ。

しかしそれが自分の中に、明確な技術としておさまったかと問われれば、まだ自信はない。

そこでアンはふと、思い当たる。

——そうか。わたしこの二日間、ずっとコリンズさんとばかり過ごしてる。

昼間は御者台《ぎょしゃだい》で。馬車が止まってからは、毛布に潜《もぐ》りこむ直前まで荷台の中の作業場で、アンはエリオットと肩《かた》を並べていた。もし仮に今、シャルが誰《だれ》か別の女の子とずっと隣同士で座り、仲良くおしゃべりしてアンに見向きもしないでいたらどうだろうか。夜も、その子とふたりきりで過ごしていたら、どうだろう。アンだって絶対に寂《さび》しくなる。

けれどシャルが、自分と同じようにそんなことを感じていると考えると、照れくさい。

——ウェストルに到着したら、シャルといっぱいおしゃべりして、できるだけ一緒にいたい。

そう思って彼の横顔を見つめると、視線に気がついたらしくシャルがこちらを向いた。思わず、照れくささに視線をそらしそうになった。だがアンは、できるだけきちんとシャルと向き合いたいと決意したのだ。照れをねじ伏《ふ》せ、ちょっと笑ってみた。

するとシャルが、ふっと微笑《びしょう》を返す。その笑《え》みが、澄《す》んだ秋の日射《ひざ》しの中であまりにも美しかったので、見ほれそうになる。が、

「鼻の頭にすすがついている。間抜《まぬ》けを宣伝しているみたいだぞ」

シャルは綺麗《きれい》に微笑《ほほえ》んだまま、小馬鹿《こばか》にしてくれた。

「えっ！」

慌てて鼻の頭を掌《てのひら》でこすった。その様子を、シャルは面白《おもしろ》そうにくすくす笑いながら見てい

た。

鼻の頭を一生懸命《いっしょうけんめい》こすっている恋人《こいびと》を見つめて、シャルはこらえきれずにくすくすと笑っていた。

恋人にして欲しいと大人らしく告白したアンは、シャルの口づけを受け入れた。シャルを見つめて告白した彼女は確かに、少女から一歩だけ踏《ふ》み出していた。甘さだけで体の全部ができあがっていたような少女の中に、大人としての確かな芯《しん》が一本あった。

甘くてしなやかな彼女の姿に、シャルは誘《いざな》われた。口づけて、強い悦《よろこ》びを感じた。

だが芋虫《いもむし》が脱皮《だっぴ》して蝶《ちょう》になるような鮮《あざ》やかさは、アンにはない。一瞬《いっしゅん》、シャルを誘惑《ゆうわく》するほどの大人らしさを見せたのに、普段《ふだん》は、今までと変わらず子供っぽい。

不器用に大人になろうとする彼女の姿には、妖精にはない面白さと強さがある。それが愛《いと》しい。

この二日間、エリオットとばかり過ごすのがすこし気に入らないのは確かだが、同時に、こうやってあたりまえのように一緒にいられること。そして誰はばかることなく、アンを恋人と呼べることが幸福だった。

だが。

幸福感に満たされる心に、ふと影《かげ》が差す。

笑いがおさまると、シャルは再び視線を前に戻してウェストルの遠景を見つめた。

――銀砂糖子爵《ししゃく》の命令。そして……招集。

それが今の幸福感に、なんらかの影を落とす予感がする。なにしろ、銀砂糖子爵の命令は異常と言ってもいいほどの命令だ。

――この幸福感を、俺はいつまで抱《いだ》いていられるのか。

これはリズを失ってからの過酷《かこく》な百年に慣れてしまったがための、不安感だろうか。幸福は一瞬で、シャルの指の隙間《すきま》からこぼれ落ちてしまう気がしてならない。それは自分が幸福というものに、慣れていないだけだと思いたかった。

ウェストルは、ゆるやかな斜面《しゃめん》にはりつくようにして発展した街だ。砂糖菓子《がし》派閥《はばつ》の一つ、マーキュリー工房派の本拠地《ほんきょち》でもあり、また毛織物の交易中継地《ちゅうけいち》としても栄《さか》えている。

毛織物貿易商らしき間口の大きな商家が、大通りに面して立ちならぶ。そして複雑に入り組んだ細い路地も含《ふく》め、街路はすべて石畳《いしだたみ》になっている。街全体がよく統制されていることがうかがえた。

この春先までシャーメイ州をおさめていた州公、ダウニング伯爵《はくしゃく》は、妖精商人との間で起こった事件をきっかけに、国王に引退を申し出た。現在は新たな州公が就任し、銀砂糖子爵の後見人もまた、新たに選定されているだろう。

しかし、きっちりと支配され、整然と商売がおこなわれている街には、いまだに伯爵の人柄が残されている。

——そういえば、新しい銀砂糖子爵の後見人は誰なんだろう？

シャーメイ州の州公が誰になろうが、アンには関係のない話だ。しかし銀砂糖子爵の後見人となると、話は違《ちが》ってくる。銀砂糖子爵の後見人の度量によって、銀砂糖子爵たるヒューの動ける範囲《はんい》や行動も変わる。砂糖菓子職人としては気になるところだ。

車輪が小石を踏むわずかな振動《しんどう》が続き、秋の穏《おだ》やかな日射しともあいまって、揺《ゆ》られる体が心地《ここち》よい。しかしそんな心地よさとは裏腹に、どこか気持ちが落ち着かない。

それはエリオットも同様らしく、のんびりと空を見あげているようなのに、目はじっと一点に据《す》えられて動かず、様々に考えを巡らせていることがうかがえた。

遠く見えていた街並みがみるみる近づき、アンたち一行はウェストルの街中に入った。目的地のシルバーウェストル城に向かうために街を抜《ぬ》けようと、ゆるいのぼり坂になった大通りを箱形馬車であがっていた。並んで馬を歩かせていたシャルが、ふと、呟《つぶや》く。

「兵士が多いな」

その言葉に、アンは周囲の様子に目を向けた。エリオットもミスリルも周囲を見回す。

通りのあちらこちらに、兵士の姿がある。しかし警備のために街に出ているわけではなさそうだ。暇《ひま》をつぶすように、ぶらぶらと毛織物を商《あきな》う店先を覗《のぞ》いたり、立ち飲みの酒場でワインのカップを手にしている連中が目立つ。

「あれは、シャーメイ州の州兵じゃないね。ハリントン州の州兵じゃない？」

エリオットが、毛織物を物色している二人連れの兵士の肩に縫《ぬ》い付けてある州旗を見ろというように、目配せしてきた。確かにそこに縫い付けてあるのは、シャーメイ州の隣接《りんせつ》州である、ハリントン州の州旗だ。

ハリントン州は、王都ルイストンを擁《よう》する州だ。州公は国王エドモンド二世の第一王子が務めている。しかし第一王子管轄《かんかつ》の州兵といえど、勝手に他州に出入りしていいわけもない。しかも見る限り、かなりの人数だ。

「なにか事情がありそうだな……」

警戒《けいかい》を強くするシャルの雰囲気《ふんいき》と言葉に、アンも気を引き締《し》める。兵士が動くときには油断ならない事態になりがちだと、さすがのアンも経験で知っていた。

——いったい、なにがあるんだろう？　ヒューの使者は、『このままでは砂糖菓子《がし》が消える』と言っていたけれど。

砂糖菓子に自らの人生を捧《ささ》げているようなヒューが、ただの脅《おど》しや憶測《おくそく》でも、そんな言葉を使うはずはない。

エリオットも、砂糖林檎収穫《りんごしゅうかく》中止命令や急な呼び出し以上に、使者が伝えた『砂糖菓子が消える』の言葉を気にかけている様子だった。

しかし。

――消えるなんて、そんなことあり得るの？

それがアンにもエリオットにも、共通した疑問だった。今現実に、銀砂糖は存在し、砂糖菓子も存在する。それが消えると言われたところで、ぴんとこないのも事実だ。

箱形馬車は台地に建つ、シルバーウェストル城を目指した。

磨《みが》いた白い石を外壁《がいへき》に利用したシルバーウェストル城は、砂糖菓子を作る銀砂糖子爵の居城にふさわしく優美な姿を誇《ほこ》っている。銀砂糖子爵という特殊《とくしゅ》な身分のため、兵士は城を警備する最低限の人数しかいない。銀砂糖子爵のヒューも騒々《そうぞう》しいのを好まないのか、下働きの数もかなり制限してあり、城は、湖水を望む静かな療養《りょうよう》地の風情《ふぜい》があった。

しかしシルバーウェストル城の城門を潜《くぐ》った瞬間《しゅんかん》から、アンは違和感《いわかん》を感じた。以前訪《おとず》れたときには閑散《かんさん》としていた城の外郭《がいかく》に、兵士の一団がいたからだ。この兵士たちもまた、ハリントン州の州旗を肩に縫い付けている。

城内でも、行き逢《あ》う人間や妖精《ようせい》の数が、以前の倍以上だった。

アンたちは、銀砂糖子爵の執務室《しつむ》に案内された。

広いバルコニーに面した掃《は》き出し窓《まど》は開かれ、穏やかな湖水の表面を渡《わた》る風がカーテンを揺らし部屋に吹《ふ》きこんでいる。低いテーブルの上には香《かお》りのよいハーブ茶が準備されているが、ヒューの姿はなかった。

「なんか騒々しいよなぁ」

ぶつくさ言いながらも、ミスリルはぴょんとテーブルの上に飛び降り、ハーブ茶の入ったティーポットを器用に抱《かか》えて勝手にカップに注ぐ。そしてにまにまと笑うと、カップに抱きつき、目を細めてお茶を楽しみはじめる。

「すぐに来いと言っておいて、銀砂糖子爵は姿も見せないのか」

言いながらシャルが窓辺に立ち、太陽の光を細かく反射する湖水の表面に目を向ける。

黒い瞳《ひとみ》は湖面の輝《かがや》きを映しながらも、どこか憂鬱《ゆううつ》そうだった。彼も、自分がここに呼ばれた理由にいくばくかの不安を抱いているのだろう。

シャルの傍《かたわ》らにアンは何気なく寄り添《そ》い、そっと彼の服の袖口《そでぐち》を摑《つか》んで囁《ささや》く。

「ヒューは、わたしと連れの妖精も来いと伝言してきたよね……。シャルに関係あることなのかな？」

ヒューは、シャルが妖精王であると知っているのだ。その彼がわざわざ、連れの妖精も一緒《いっしょ》に来いと命じるからには、それなりの理由があるはずだ。以前もそうだった。

「ミスリル・リッド・ポッドに用事かもしれんぞ」

わかっていながら不敵に笑うシャルに、アンは苦笑《くしょう》した。

「うん、そっか。それもありかな」

エリオットはソファーに腰《こし》を下ろすと、これもまた勝手にお茶をカップに注いで手にする。

そしてわざとらしくため息をつく。

「あ〜あ、銀砂糖子爵早く来ないかなぁ。いちゃつく二人を見せつけられたんじゃ、独り身の男は寂《さび》しくて泣けてくるよ」

「い、いちゃつく!?」

指摘《してき》されて、アンは飛びあがるようにしてふり返った。

「してません！　いちゃついてなんか。ただ話をしていただけで」

「俺には充分《じゅうぶん》いちゃついて見えたけど」

「違います！　いちゃつくっていうのは、こう、もっと！」

「もっと？　なに？　どんな感じ？」

言いながらエリオットがにやにやしたので、からかわれているのだと悟《さと》った。こんなふうに恋人《こいびと》のことをからかわれるのに慣れていないので、戸惑《とまど》いに耳が熱くなる。自分でも、顔が真っ赤になっているのがわかった。するとシャルがアンの背後から、

「見せてやろうか？」

平然ととんでもないことを言う。その言葉に、お茶のカップを抱えていたミスリルが目を輝かせる。

「それは俺様にぜひ見せろ！」

「シャル⁉」

びっくりして、今度は蒼白《そうはく》になり、アンはシャルをふり返った。シャルは無表情のまま答えた。

「冗談《じょうだん》だ」

「……じょ……冗談にしても。心臓に悪い……」

力が抜けそうになる。赤くなったり青くなったり、こんなふうに方々から面白《おもしろ》がられていては身が持たない。と、その時、部屋の扉《とびら》が開いた。

「てめぇら、いつなんどきでも太平楽だな」

唸《うな》るような声がして、部屋に踏《ふ》みこんできた人物の姿にアンは目を見開く。

「キャット⁉」

ぶすっとした表情で部屋に踏みこんできたのは、膝丈《ひざたけ》の黒の上衣《うわぎ》と、襟《えり》や袖に細かな刺繍《ししゅう》があるシャツを身につけた、細身の青年。白っぽい灰色の髪《かみ》と青い猫目《ねこめ》。銀砂糖師のアルフ・ヒングリーこと、キャットだった。彼はいつも品のよい洒落《しゃれ》た衣服を身につけているが、今日はよりいっそう洗練されている。普段《ふだん》は身につけていない、黒の上衣を着ているからだろう。

「なにをしに来た？　こんな内陸に魚はいないぞ、キャットさん」

いきなり失礼な挨拶《あいさつ》をしたシャルに、キャットはまさしく、猫が全身の毛を逆立てるように肩《かた》を怒《いか》らせる。

「『さん』づけするんじゃねぇと言ってんだろうが！　しかも、内陸にも川魚はいるぞ！」

「しょっぱくない魚を食いに来たのか？」

「そんなわけねぇだろうが！　俺の主食魚じゃねぇぞ！」

律儀《りちぎ》にからかわれてくれるキャットの反応に、シャルは声を殺して笑う。アンは慌《あわ》てて、二人の会話に割って入った。

「す、すみませんキャット！　いきなり失礼で！　とにかく、お久しぶりです。でも、どうしてこんなところにいるんですか？　いったい、いつから。ベンジャミンも一緒ですか？」

ふんと鼻を鳴らしてキャットはシャルにそっぽを向くと、アンに向き直った。

「十日ほど前に来た。ベンジャミンの野郎《やろう》はホリーリーフ城の台所番だから、置いてきたけどな。そのかわり別の奴《やつ》と一緒に来た」

そう言いながらキャットが背後の扉に目をやる。すると遠慮《えんりょ》がちに、扉の陰《かげ》からぴょこんと紫色《むらさきいろ》の髪の妖精が顔を覗かせた。

「こんにちは、みなさん」

「ノア!?」

アンが声をあげるのとほぼ同時に、エリオットが驚《おどろ》いたように立ちあがり、破顔する。

「おややや～、どうしたのよ。キャットにおねだりされて派遣《はけん》した、うちの見習いじゃない。よかったよ、元気そうで」

小柄《こがら》な少年妖精は部屋に入ってくると、迷わず、エリオットの前に真っ直《す》ぐ向かった。腰までしかない小さな片羽をぴんと伸《の》ばし、ちょっと誇らしげに胸を張る。

「お久しぶりです、コリンズさん。僕、役に立ってますよ」

「歴史あるペイジ工房《こうぼう》の見習いなんだからね、そうでなくちゃ困る」

エリオットは軽く片目を閉じ、嬉《うれ》しさに頬《ほお》を染めるノアの肩を強く叩《たた》く。

その様子を目にすると、なんとなく気持ちがほっと温かくなる。

――ノアは、本当にペイジ工房の見習いなんだ。

尊敬と信頼《しんらい》の眼差《まなざ》しで、長《おさ》代理のエリオットを見あげるノアと、頼《たの》もしげにノアの肩を叩いたエリオットの間には確かな絆《きずな》がある。職人世界であるべき、師弟《してい》の姿かもしれない。

主人を待ち続け、十五年もホリーリーフ城から出ることがなかったノアが、自分で選び一歩を踏み出した場所がペイジ工房だ。不慣れな場所で、人間たちばかりの中で、彼はよく頑張《がんば》ったのだろう。そして見習いとして、確かな自分の場所を見つけているのだ。それが伝わってくる。

するとキャットが、彼には珍《めず》しく優《やさ》しげに微笑《びしょう》する。

「褒《ほ》めてやれ、エリオット。そいつは本当によくやったぜ。そいつのおかげで、俺たちは誰《だれ》よりも早く気がつくことができたんだからな」

「気がついたって、なんのことなんだ？　キャット」

エリオットが問い返すと、キャットは目を見開き細い眉《まゆ》をつりあげた。そしてエリオットから、アン、シャル、ミスリルへと視線を移し、全員がもの問いたげな表情をしているのを確認《かくにん》すると、驚いたらしく軽く口を開く。

「てめぇらに事情を知らせてねぇのか、あのボケなす野郎……」

「知らないんですか⁉」

ノアも目をまん丸にする。すると、

「悪いな、詳《くわ》しい書面を使者に持たせる余裕《よゆう》がなかった。とりあえず砂糖林檎《りんご》の収穫《しゅうかく》を中止させて、おまえたちを呼び出すことを急いだからな」

開いたままになっていた扉から、張りのある強い声が答えた。それとともに踏みこんできたのは、銀砂糖子爵《ししゃく》の正装を身につけたヒュー・マーキュリーだった。野性味のある風貌《ふうぼう》に、きっちりとしながらも優雅《ゆうが》な銀砂糖子爵の正装を身につけていると、そのちぐはぐさに男性らしい色香《いろか》が漂《ただよ》う。

「ようやく、これでそろったな」

そう言った彼の、深みのある茶の瞳はいつになく厳しかった。疲《つか》れているのか、表情が硬《かた》く顔色が悪い。

「てめぇ、こいつらに」

さっそく食ってかかろうとしたキャットに向かって、

「やめろ。今はそんな暇《ひま》はない」

ヒューは片手をあげて制した。その表情の険しさに、さすがのキャットも怯《ひる》んだように口をつぐむ。

「余裕がなかったことは、謝罪する。しかし今もまだ、のんびり説明している時間はない。他《ほか》の連中は階下に待たせてある。キャット、ノア。それにペイジ、アン、そしてシャル。五人は俺と一緒《いっしょ》に来い。おまえたちの到着《とうちゃく》がお耳に入った。すぐにでも会いたいと仰《おお》せだ。これ以上、お待たせすることはできない」

厳命の口調だ。アンには、ヒューがなにをしようとしているのかまったくわからなかった。それはエリオットにしてもシャルにしても一緒だろう。

訝《いぶか》しげな表情をするしかない三人に比べ、キャットとノアだけは、致《いた》し方ないというように頷《うなず》く。

「まあ、とりあえず。終わらせなきゃならねぇことを、とっとと終わらせるべきだな」

「そうですよね。僕も……、なんとなく怖《こわ》い気がしますけど。呼ばれてるなら、行かなくちゃ駄目ですよね」

なにかを覚悟《かくご》するように、ノアは唇《くちびる》を引き締《し》める。

キャットとノア、そしてヒューを見比べて、アンはますます混乱した。

「ヒュー。あの……わけがわからない。わたしたちなんのためにここに呼ばれたの？　それに、今から誰かに会うの？」

「説明は後だ。来い」

身をひるがえすと、ヒューはさっと扉を出た。その有無《うむ》を言わせない強引《ごういん》さに、不満よりも不安を感じる。

――これは、なんだろう。

胸の前で強く両手を握《にぎ》り合わせたアンの背に、シャルの冷たい手がそっと触《ふ》れた。妖精《ようせい》の手はいつもひんやりと心地《ここち》よく、アンの混乱を鎮《しず》めてくれる。

「心配するな。銀砂糖子爵が、職人たちに不利なことをするとは思えん」

アンは首を振《ふ》った。

「違《ちが》うの。わたしたちよりも、シャルが心配」

呼ばれたのは妖精のノアも含《ふく》め、全員が職人だ。その中でシャルが呼ばれる不自然さが、アンの不安をあおるのだ。するとシャルはふっと笑った。

「俺を誰だと思っている？」

自信にあふれた言葉が、心強い。しかしアンよりも、シャル自身の方が不安も危険も大きいだろう。そんな彼に励《はげ》まされる自分が情けなくて、アンは意識して体の芯《しん》に力をこめる。強く頷く。

「とりあえず、行かなきゃね」

アンは、テーブルの上で目をきょときょとさせ、ことの成り行きを見守っていたミスリルをふり返った。

「ちょっと、行ってくるから。待っててねミスリル・リッド・ポッド」

不満げに、ミスリルは唇を尖《とが》らせる。

「俺様だけ留守番なのかよ?」

すると、扉《とびら》を出かかっていたキャットが、こちらに向かってちょいちょいと指を曲げる。

「早く来い、エリオットに、チンチクリン。シャルもな。心配すんじゃねぇよ。面倒《めんどう》だが、すぐに終わることだ」

「は、そうですか。じゃ、行きますかね」

肩をすくめてエリオットが歩き出すと、シャルは、置いてけぼりにされることが不満そうなミスリルに視線を向ける。

「留守番をしっかり頼む。おまえにしかできない大切な役目だ。がんばれ、妖精王」

言われると、ミスリルの表情が途端《とたん》にぱっと明るくなり、照れ照れと銀色の髪《かみ》を掻《か》きむしる。

「なんだよ~。こまるな~。頼《たよ》られちゃったらな~。王様は、国民の願いをかなえてやらなくちゃな〜」

「すぐに帰ってこられるって、キャットも言ってるから。ごめんね。待ってて」

アンはミスリルの頭を指で撫《な》で、歩き出した。

その場にミスリルだけを残して、全員が執務《しつむ》室を後にした。

◈

「ははははっ！　行ってこい！　行ってこい！　国民たち！」

去って行くアンたちの後ろ姿を見送りながら、ミスリルは高笑いした。

「ははははっ！　俺様一人置いてけぼりってのはなんだが、ま、俺様は王様だからな。しかたないか！　王様の使命として、立派に留守番をやりとげるぞ！　はははははっ！」

偉《えら》そうに腕《うで》組みし、ミスリルはテーブルの上に仁王立《におうだ》ちする。

しかし、数分後。

「……………空《むな》しい」

笑顔《えがお》を張りつかせたまま、呟《つぶや》く。それから肩《かた》をすぼめると、手持ちぶさたの様子でテーブルの上をうろついた。しかしなにもする事が見つからなかったらしく、ティーポットのなめらかな曲面を、両手でさわさわと無闇《むやみ》に撫でてはじめる。

「…………王様ってのは。………つまんないもんだな」

そしてそこでふと、首を傾《かし》げた。

「あれ、でも。なんでシャル・フェン・シャルが呼ばれたんだ？　職人じゃないのに。まさか、あいつ……」

ミスリルは今度はテーブルの上にどかっと座りこみ、むうっと腕組みして考えはじめた。


――なにがあるの？

ヒューに先導されて歩きながら、アンは城内の落ち着かない様子を目の端《はし》に捉《とら》えていた。とにかく不可解だった。銀砂糖子爵も、彼には珍《めずら》しく気持ちに余裕がないのがわかる。隣《となり》を歩いているシャルもまた、この状況《じょうきょう》を不可解に感じているだろう。だがいつものとおり落ち着いた様子だ。

なにがあるのかはわからないが、自分も落ち着かねばならないと言い聞かせながら、アンはヒューの背を追っていた。

長い廊下《ろうか》を延々歩かされ、ようやく見覚えのある場所に到着した。そこは以前会議で使われた、大広間に繋《つな》がる扉の前だった。

しかしその時とあきらかに様子が違うのは、扉の周囲を固めるようにハリントン州の州兵が立ち番をしており、従者のお仕着せを身につけた男たちが、せわしなく行き交《か》っていることだ。仰々《ぎょうぎょう》しいその場の雰囲気《ふんいき》に圧倒《あっとう》される。

シルバーウェストル城が、銀砂糖子爵《ししゃく》以外の何者かに占領《せんりょう》されてしまったようだった。

——別の誰《だれ》か？

そこに思い当たり、アンは改めて周囲を固める州兵たちを見回し、従者のお仕着せを見やる。そのお仕着せには見覚えがあるし、この場の雰囲気もアンは知っている。

——まさか。……これは、あのお方の周囲で見たもの？

さらに思い返せば、ウェストルの街中やシルバーウェストル城の外郭《がいかく》に、ハリントン州の州兵の姿が多く見受けられた。もしあのお方が移動するとなれば、州兵の中隊を引き連れてくるくらいはするだろう。そこに思い当たり慄然《りつぜん》とする。

——だから、キャットがいつも着ていない上衣《うわぎ》を着てたんだ！　じゃ、シャルが呼ばれたのは!?　あのお方が呼んだから!?

アンは思わず、シャルの上衣の裾《すそ》を摑《つか》んだ。その手が震《ふる》えた。

「シャル……わたし、これから対面するのが誰なのかわかった気がする。でも……なぜ……？」

シャルが、その手を撫でてくれた。

見あげると、黒い瞳《ひとみ》は落ち着き払《はら》っており、何事にも備える覚悟《かくご》のようなものがある。シャルもこの場の様子から、アンと同じことを察したのかも知れない。

先頭を行くヒューが立ち止まると、壁際《かべぎわ》から、職人ふうの身なりをした三人が「銀砂糖子爵」と声をあげ、集まってきた。その顔にはどれも見覚えがあった。

いかめしい顔つきが相変わらずの、ラドクリフ工房《こうぼう》派の長《おさ》、マーカス・ラドクリフ。そしてその隣に気怠《けだる》そうに付き従っているのは、顔色の悪い色白の青年。銀砂糖妖精最後の弟子《でし》の一人、ステラ・ノックスだった。

さらにはマーキュリー工房派の長代理、片眼鏡《かためがね》の位置を神経質に気にしているジョン・キレーン。

彼らは、アンたちが近づくと軽く会釈《えしゃく》してくれた。シャルとキャットを除く全員が、とりあえず会釈を返す。

ステラやキレーンなど顔見知りの職人は、アンたちにもの言いたげな目配せをしてくれる。しかし、世間話をはじめられそうな雰囲気ではない。アンもそうだが、さすがのエリオットも、不審《ふしん》げな表情のまま黙《だま》っているほかない。

「これで、俺が呼び出した全員だ。緊急《きんきゅう》のことだったので、各派閥の長と長代理、そして必要と思われる職人を俺が独断で呼び寄せた。詳細《しょうさい》は後ほど話す。とりあえず、対面だ。言うにおよばないとは思うが、皆《みな》、口を閉じていろ。受け答えは望まれていないし、許可されていない」

「なんなのだ、銀砂糖子爵。呼び出されて来てみれば、事情も説明せずに部屋に放《ほう》りこんで。さんざん待たされたあげく、いきなり連れ出して、誰と対面しろというのだ」

マーカスが不機嫌《ふきげん》さを隠《かく》さずに、しかし周囲をおもんぱかって声をひそめて責める。

「あなたが、口を開く気をなくすお方だ。行くぞ」

ぴしゃりと、ヒューはマーカスの苦情を遮《さえぎ》った。そして全員に背を向けると、扉近くに姿勢良く立つ従者らしき老人に近寄った。その老人のお仕着せにだけ、肩に金モールが光っており、他《ほか》の従者たちのように右往左往していない。

「銀砂糖子爵、参上しました。各砂糖菓子《がし》派閥《はばつ》の長と、長代理。配下の職人。ホリーリーフ城の銀砂糖妖精《ようせい》の世話役と、銀砂糖妖精見習い。そして例の、特殊《とくしゅ》な妖精を連れて参りました」

事前に話が通っているらしく、老人はちらっとヒューの背後に目を向けると、頷《うなず》く。

「よろしい。入室を許可します」

細密な浮《う》き彫《ぼ》りが施《ほどこ》された、優美な両開きの大扉。それがゆっくりと開かれた。

ヒューを先頭に、奥へ長く続く広間の正面にアンたちは立った。するとヒューの背中越《ご》し、部屋の最奥《さいおう》正面に、大ぶりの椅子《いす》が一つ置かれているのが見えた。その椅子を中心に半円を描《えが》くように居並ぶ従者と、その外側を固める州兵。

椅子に座るのは三十代半ばの、薄青《うすあお》の瞳をした、年のわりには落ち着いた風情《ふぜい》の男だ。

予想していたとはいえ、その姿を認めるとアンの顔は強《こわ》ばった。

——やっぱり。エドモンド二世陛下！

なぜ、こんなところに国王がいるのだろうか。

ここは、ルイストンから馬車で三日もかかるウェストルだ。こんな場所に国王がお出ましになっていることが、信じられない。国王は基本、王都から出ることをよしとされない。

それがなぜ、あえてこの場にやってきたのか。

そしてなぜ砂糖菓子《がし》職人たちと、さらにシャルとの対面を望んだのか。

不安と疑問で目眩《めまい》がしそうだ。けれど無様によろけることも倒《たお》れることもできない。しっかりしろと自分に言い聞かせ、膝《ひざ》に力をこめる。

アンの隣にいたシャルが、つと眉《まゆ》をひそめる。エリオットはぽかんと口を開け、その他、マーカス、ステラ、キレーンも一様に目を丸くしている。

ノアは極度の緊張《きんちょう》のためか、みるみる顔色が悪くなる。それに気がついたらしく、隣に立つキャットが、正面から見えないように軽くノアの背を叩《たた》く。ノアははっとしたようにキャットを見あげた。キャットが落ち着けというように軽く頷くと、ノアは緊張した表情ながら、なんとか頷き返す。

広間に踏《ふ》みこむと一瞬《いっしゅん》だけ足を止め、ヒューは周囲を見回した。そしてまたすぐに、さっと歩み出す。職人と妖精はみな戸惑《とまど》っていたが、銀砂糖子爵に従って王の前まで進む。

そこでヒューが膝を折ると、シャル以外の全員がその場に膝をつき顔を伏《ふ》せる。壁際に控《ひか》えていた従者が、膝を折らないシャルを見咎《みとが》めて声をかけようとするが、その前に国王が「必要ない」と言うように目配せして黙らせた。

「お召《め》しの者どもを連れて参りました」

「ご苦労だった。無理を言ってすまなかった、マーキュリー」

ヒューに答えたエドモンド二世の言葉から、柔《やわ》らかな気配を感じる。

――国王陛下は、笑った？

そんな気がした。すると、苦しいほど胸を圧迫《あっぱく》していた不安がやわらぐ。

「銀砂糖子爵も。その他の者も、顔をあげよ。許す」

そろりと顔をあげると、穏《おだ》やかな王の顔があった。

エドモンド二世の視線は一点に注がれていた。視線の先にいるのは、職人たちと並んで列の端に立つ、黒い瞳の妖精王。

しばし、人間王と妖精王の視線がゆるく絡《から》まり合う。

「誓約《せいやく》が守られ、二度と会うこともないと思っていた者に再び巡《めぐ》り会うのは、砂糖菓子の導きであろうかな」

発せられたエドモンド二世の静かな言葉に、シャルは無言だ。ただ真っ直《す》ぐに、エドモンド二世の瞳を見つめ返し、わずかに頷く。

事情を知らない者には、エドモンド二世の言葉の意味は理解できないだろう。だがアンにはよく分かった。そこには絹糸のように細く結ばれた、人間王と妖精王のつながりがあった。

エドモンド二世は、ふと目の色を暗くする。

「しかし。王国に幸福を招く砂糖菓子が、なぜ余の御代《みよ》に限り、かような困難にさらされるのか。巡り合わせが呪《のろ》わしくもある」

痛みをこらえるような呟《つぶや》きに、思わずのようにヒューが口を開きかけるが、

「陛下」

椅子の背後に控えていた四十代半ばとおぼしき男が、ヒューより先に声を発した。彼は身をかがめ、エドモンド二世の耳の辺りで囁《ささや》く。

「心中お察し申し上げます。しかし、陛下のそのご心痛をのぞくためにこそ、陛下はご自身で決断され、ここにおいでになられたのですから。王国の憂《うれ》いを晴らす必要があります」

男の声には張りがあり、芯《しん》の強さを秘《ひ》めている。細面《ほそおもて》の優男《やさおとこ》だが、理知的な鋭《するど》い目つきは、油断ならない人物のようだった。

「そうであったな」

エドモンド二世は、ゆっくりと立ちあがった。旅装なのだろうが、踝《くるぶし》に届く上衣には金糸の刺繍《ししゅう》が施され、宝石を嵌《は》めこんだ飾《かざ》りボタンともあいまって着ているだけで肩《かた》がこりそうだ。

しかし広間の壁《かべ》に縦長に切り取られた窓から射《さ》しこむ光は、その旅装をさらにまばゆく見せる。

王の威厳《いげん》というものが、計算され、作り出されている。

ゆっくりと息を吐《は》き、それからエドモンド二世は顔をあげた。その表情は厳しい。

「砂糖菓子は、王国に幸福を招くものだ。職人であるそなたたちは、熟知しているであろう」

広間に、エドモンド二世の声が響《ひび》く。よく響くその声に、アンは少なからず驚《おどろ》く。王たる者の、それが公式な場での声で、しゃべり方なのだろう。

「余の即位《そくい》を後押しし、長年にわたり王国が安定してきたのもまた、砂糖菓子の幸福を享受《きょうじゅ》したゆえだ。砂糖菓子の幸福なしに、ハイランド王国の安定はない。それは数百年の営みにより明らか。しかし今、砂糖菓子の存在そのものが危《あや》うい状態となっている」

その言葉に、職人たちは顔を見合わせる。それに応じるように、エドモンド二世の目は職人たちに向かい、そしてひたと、一人の人物の上に据《す》えられた。

国王が見つめるのは、紫《むらさき》の髪《かみ》の小柄《こがら》な少年妖精ノアだった。

国王の視線に気がついたノアは、目を限界まで見開き体を強ばらせる。片羽が小刻みに震《ふる》えた。

「砂糖菓子存続の危機にいち早く気がついたのは、そこの職人見習いだったと聞いている。よくやった」

エドモンド二世の言葉に、その場にいた全員が驚いたように国王とノアを見比べる。

ノアはビクビクしながら頭をさげただけで、自分が声をかけられたという事実に含《ふく》まれる意味に気がついていないらしい。

——国王陛下が、公式の場で妖精に声をかけた⁉

急いでアンは、シャルの顔を見た。彼は微笑《ほほえ》んでおり、エドモンド二世を見つめていた。エドモンド二世もちらりとシャルに目をやった。

妖精は使役《しえき》される者。それは道具と同じで、そこに存在することすら意識されることはない。だがしかし今、国王が公式の場で妖精に対して声をかけた。あまつさえ、称賛《しょうさん》した。それは妖精を職人として、そこに存在する者として認めた証《あかし》だ。

——エドモンド二世は、シャルとの誓約を守り続けている。

エドモンド二世は、妖精王の存在を明らかにしないと誓《ちか》ったシャルが、その誓約を守り続けている事を知っているのだろう。その返礼として、自分もまた誓約を守り続けていると、シャルに知らせたかったのかも知れない。

そのためにエドモンド二世は、この場にシャルを呼んだのだ。

しかし。シャルの微笑《びしょう》にふと影《かげ》がさす。その視線の先を追うと、王の背後に控えるあの目つきの鋭い男が、しらけたような無表情でエドモンド二世の背中を見つめている。

——あの人は、何者？

一瞬、胸の中に膨《ふく》れあがった喜びがしぼみ、再び不安が満ちる。

——それに、ノアが気がついた砂糖菓子存続の危機って……。

エドモンド二世は、今一度ゆっくりと職人たちを見回し告げた。

「このままでは、砂糖菓子がこの秋を境に消えてなくなるであろう。それを阻止《そし》せよ。余が、直接命じる。銀砂糖子爵《ししゃく》、ならびに各砂糖菓子派閥の長《おさ》と、長代理。すべての砂糖菓子職人に直接命じる。砂糖菓子を存続させよ。この命令は、なにごとにも優先されると心せよ。余がここに出向き、そなたらに直接命じた意味を汲《く》み取るのだ」

この秋を境に、砂糖菓子が消える。その言葉に、職人たちは一様に呆然《ぼうぜん》とする。そんなに突《とつ》然《ぜん》、目の前から砂糖菓子が消えると告げられても、ぴんと来ないのが当然だろう。

アンにしろ、咄嗟《とっさ》に心に浮《う》かんだ言葉は、「まさか」だった。

しかも、国王自らが銀砂糖子爵の城に出向き、そこで直接命令を下したのだ。その意味を汲み取れとエドモンド二世は告げたが、要するに、絶対に失敗を許さないということなのだ。信じられない事実。そして、絶対に失敗を許さないと告げる、国王の厳しい命令。唖然《あぜん》とするより他《ほか》はない。

「すべての砂糖菓子職人は、銀砂糖子爵の命に従い動くのだ。今後、余の意志は、新たに銀砂糖子爵後見人となった公爵《こうしゃく》、コレットを通じて伝えられる」

「コレット」とエドモンド二世に呼ばれると、背後に控えていた目つきの鋭い男が一歩前に出た。

――コレット公爵。聞いたことがある。

アンは、その細面の顔をしげしげと眺《なが》める。濃紺《のうこん》の上衣《うわぎ》は、黒よりもなお一層様々な色を呑《の》みこみそうで、底が知れない色に感じた。窓越《ご》しにこぼれる秋の日射《ひざ》しを受ける王の背後に、影のようにあるその雰囲気《ふんいき》のために、さらにそう感じるのかも知れない。

確か、妖精《ようせい》商人ギルドの長、レジナルド・ストーとの交渉《こうしょう》のときだった。国王が交渉に応じるという勅命《ちょくめい》の中に、コレット公爵の名が出てきた。コレット公爵は宰相《さいしょう》だ。国王のそばに仕え、知恵《ちえ》を貸し、王政を助ける役割を担《にな》う。

その宰相が、新たに銀砂糖子爵後見人として選定された。

それほどまでにエドモンド二世は、今回の砂糖菓子《がし》の一件を重要視しているということだ。即位が危うかったエドモンド二世がこうやって玉座に座れたのは、砂糖菓子の幸運が味方したからだ。

砂糖菓子の利用価値を、王家は何百年もの経験によって知っている。ミルズランド家が銀砂糖子爵という位まで設け、銀砂糖妖精ルルを何百年にもわたり隠《かく》し続けてまでも、守り、存続させて来たのもそのためだ。それが消えるというのならば、国王が、宰相を銀砂糖子爵の後見人に指名するほど焦燥感《しょうそうかん》を抱《いだ》くのは当然だろう。

だがアンの中には、砂糖菓子が消えるという事が、まだしっくりとおさまりきらなかった。

「かさねて命じる。けして砂糖菓子を消してはならぬ。王国に生きる、すべての者のために」

そう告げると、エドモンド二世は最後に一瞬《いっしゅん》だけシャルに目をやり、職人たちに背を向けた。

それを合図にして、

「退出を許す」

従者の声が響くと、銀砂糖子爵と妖精、職人たちは立ちあがった。広間を後にしながら、アンは戸惑《とまど》っていた。

――消えるって……。この秋にって、もうすぐ？　でも、まさか？

二章　宰相の問い

　国王エドモンド二世と職人たちが対面を終えると、ヒューは、アンたちとは行動を別にした。国王の一行が城を出るまでは、銀砂糖子爵の立場では、ろくろく職人たちの相手もしていられないらしい。ヒューは職人たちとの別れ際《ぎわ》、キャットとノアに、

「俺が行くまで詳細《しょうさい》は話すな。派閥《はばつ》には俺から説明する必要がある。おまえが話すと混乱する」

　と、念を押した。

　キャットはすこし不満そうな様子を見せたが、それでも渋々《しぶしぶ》了承《りょうしょう》していた。

　アンとエリオット、シャル。そしてマーカス・ラドクリフ、ステラ・ノックス。ジョン・キレーン。この六人と、キャットとノアを追加した合計八人が、銀砂糖子爵の執務《しつむ》室で待たされることになった。

　ぞろぞろと執務室に入ってきた職人連中を目にして、一人待っていたミスリルが、目をくりくりさせて飛びあがった。

「なんだなんだ!?　増えてるじゃないか！　しかもむさ苦しいのばっかりが！」

そう言いながら、人が増えるのはまんざら嫌《いや》そうでもない笑顔《えがお》だったが、その笑顔もすぐに引っ込んだ。八人が八人とも、むっつりと黙《だま》り込んでしまったからだ。

キャットとノアは、ヒューに釘《くぎ》を刺《さ》されたので喋《しゃべ》るに喋れない。

他の六人は、それぞれ聞きたいことが山ほどあっただろう。だがキャットとノアからは、なにも聞き出せない。

世間話をして、時間を過ごす気分にはなれないのは確かだ。彼ら職人の目の前に突《つ》きつけられた言葉が重すぎて、それを心の中で反芻《はんすう》し、あれこれと推測するのに忙《いそが》しい。

静かに、だが間違《まちが》いなく、みんな苛立《いらだ》っている。

国王エドモンド二世は職人たちとの対面を終えると、すぐにルイストンへ帰る準備に入ったらしかった。しばらく城内は騒々《そうぞう》しかったが、陽《ひ》が傾《かたむ》きはじめると、城の中にあったざわめきが引き潮のように消えた。そして真っ直《す》ぐな斜陽《しゃよう》が執務室の床《ゆか》に落ちる頃《ころ》には、優美な姿をオレンジの光に照らされる静かな城に戻《もど》っていた。

「お……おい。なんだ？　アン。どうしたんだ、みんな難しい顔して。なんか、莫大《ばくだい》な借金でも背負わされてきたのか？」

沈黙《ちんもく》に耐《た》えきれなくなったらしく、ソファーに座ったアンの肩《かた》にミスリルがよじ登り、ひそひそと訊《き》く。アンは苦笑《くしょう》して首を振《ふ》った。

「違《ちが》うの。さっきみんな、エドモンド二世陛下に謁見《えっけん》を賜《たまわ》って、そこで命じられたの。この秋に砂糖菓子が消えるから、それを阻止しろって」

「国王陛下がこんな場所に来てたのかよ!? くそう、見物にいきゃよかった」

くうっと歯がみするミスリルに、

「来なくて正解だ。王都を出た国王の警備に、州兵は殺気立っていた。不審者《ふしん》は即刻串刺し《そっこくくしざ》だ」

窓辺で、沈《しず》む夕日を眺めていたシャルが言う。東から藍色《あいいろ》が滲《にじ》む夕焼け空を背景に、湖を取り巻く森の木々は既《すで》に黒い影になっていた。

「へん、俺様がそんなへまするかよ。素早《すばや》く、ひそかに、熟練のこそ泥《どろ》のように機敏《きびん》に動いてみせるぞ!」

「こそ泥……」

ははっと、アンは力なく笑う。妖精王にふさわしくない特技や趣味《しゅみ》が、ミスリルには多そうだ。

「だけど砂糖菓子が消えるって、本当か? ヒューの奴《やつ》が伝言でも、そう言ってよこしてたみたいだけど。そもそも、あれだけいっぱいあるものが、ぱっと消えるのか?」

ミスリルの言葉に、一人がけの椅子《いす》にだらりと座って目を閉じていたステラ・ノックスが、ちろりと瞼《まぶた》を開けた。ラドクリフ工房唯一《こうぼうゆいいつ》の、銀砂糖妖精ルルの最後の弟子《でし》は、相変わらず首も手首も細くて、色白で、両指にはめた華奢《きゃしゃ》な指輪がよく似合う。以前よりものびた銀の前髪《まえがみ》から透《す》かし見るように、アンの方へ視線を向ける。

「俺も、その消えるのどうのというのが、ふに落ちないね。あれは国王陛下や銀砂糖子爵《ししゃく》の妄《もう》想《そう》じゃないかと思えるよ」

言い終わると、軽く咳《せき》をしてまた深く椅子に沈み込む。砂糖林檎《りんご》の収穫《しゅうかく》時期に、ステラは毎年体調を崩《くず》すらしい。今もあまり調子はよくないのだろう。

「わぉお、言ったねステラちゃん。銀砂糖子爵はともかく、国王陛下を捕《つか》まえて、妄想ねぇ。告げ口しちゃおうかなぁ」

アンの横に座っていたエリオットが、わざとらしく身じろぎして混ぜっ返す。ステラが、じろりと睨《にら》みつける。

「黙っていてよ、赤毛」

「俺の名前はエリオット。忘れちゃった？　国教会独立学校の卒業生のくせに、記《き》憶《おく》力よくないね」

「あんた本当に、いちいち頭に来る奴だよね」

「しかし、銀砂糖子爵は遅《おそ》すぎる！」

しびれを切らしたようにラドクリフ工房派長《おさ》マーカス・ラドクリフが立ちあがり、苛々《いらいら》と扉《とびら》の前を行き来しはじめる。そして数度の往復を繰《く》り返した後、

「砂糖菓子が消えるというのは、どういうことだ。子爵は遅すぎる！　待っておられん。もう

説明をしろヒングリー！　おまえでもかまわん、見習い！　説明しろ」

と、壁《かべ》にもたれてむっつりしているキャットと、その横にちんまり立っているノアを、交互《こうご》に指さした。ノアは指さされると、ぴくんと飛びあがった。

「あの、でも、それは」

どうしましょうかと伺《うかが》いを立てるように、ノアはキャットを見あげる。しかしキャットはふんと鼻を鳴らす。

「じじいの短気につきあって、あのボケなす野郎《やろう》に、ここぞとばかりに責められるのはごめんだ」

「じじいとはなんだ、ヒングリー。おまえは昔から、言葉遣《ことばづか》いがなってない！　二十歳《はたち》を過ぎてもそれでは世間では通用せんぞ」

「いや、今のはあなたがよくない、ラドクリフ殿《どの》。銀砂糖子爵の命令を無視しようとしたあなたが、なにを言われても腹を立てる資格はありませんよ」

片眼鏡《かためがね》の位置を直しながら、マーキュリー工房派の長代理ジョン・キレーンが冷たく言い放つ。

「我々を待たせすぎる銀砂糖子爵に、非があるとは思わんのか。キレーン」

「思いません」

きっぱりした答えに、

「しかし！」

大声でマーカスは言いつのろうとした。するとステラが手で軽く両耳を塞《ふさ》ぎながら、マーカスに怠《だる》そうな視線を投げる。

「もう黙ってくれませんか、マーカスさん。頭が痛くなるよ」

「ノックス、おまえは！」

怒鳴《どな》るマーカスに被《かぶ》せて、さらにエリオットが混ぜっ返す。

「わぁ、ステラちゃん、かっこいいなぁ。長に意見するんだ」

「あんたも本当にうるさい！　赤毛の垂れ目！」

ステラのきんきんした声に、キャットが顔をしかめる。

「てめぇもうるせぇぞ、病人はおとなしくしてやがれ」

「俺は病人じゃないよ！」

マーカスと、ステラと、エリオット、キャット。それぞれが勝手に喚《わめ》いたり、ふざけたりしはじめたので、キレーンが立ちあがり、大声で場を鎮《しず》めようとした。

「君たちは、全員静かに銀砂糖子爵を待ちたまえ！」

しかし一層、騒々しさが増しただけで、

「静かにしたまえ！」

叫《さけ》ぶキレーンの声が大きく響《ひび》き、さらにその場が混乱する。

待たされる苛々が爆発《ばくはつ》したような職人連中に、アンはびっくりして、どうやってこの場を収拾するべきかおろおろした。ノアもミスリルも、自分の頭の上を飛び交《か》う職人たちののののしりあいに、目を白黒させていた。

「猿山《さるやま》だな、まるで」

窓辺のシャルは、腕組《うでぐ》みして部屋の中を悠然《ゆうぜん》と眺《なが》めている。

「貴様ら餓鬼《がき》かっ!!」

突然《とつぜん》、部屋を圧するような大声が一喝《いっかつ》した。

その声量と迫力《はくりょく》に、喚いたりふざけたりしていた連中が、一瞬《いっしゅん》にしてぴたりと口を閉じた。騒々しかった部屋の空気から、一瞬にして音とともに熱を奪《うば》ったかのように、場がしんと静まった。

扉を開き、そこに銀砂糖子爵ヒュー・マーキュリーが、厳しい表情で立っていた。背後にはいつものように、褐色《かっしょく》の肌《はだ》をした護衛の青年サリムを連れている。

「俺は疲《つか》れてる。いつものように、公式の、お上品な態度で接してやれる自信はないぞ。しのごの騒《さわ》ぐ奴は、サリムに命じて城の尖塔《せんとう》から吊《つ》るしてやる。ラドクリフ殿。最年長のあんたも例外じゃないぞ」

真っ先に突っかかりそうに身を乗り出したマーカスに、ヒューは先回りして釘を刺す。ヒューの背後から、猫《ねこ》科の肉食獣《にくしょくじゅう》のような身ごなしで入室してくるサリムの存在に、マーカスはたじろいだように姿勢を正した。それからふんと鼻を鳴らし、ステラの隣《となり》にあった一人がけの椅子に腰《こし》を落ち着ける。

執務《しつむ》室の右手の壁際《かべぎわ》には、樫《かし》材で作られた執務用の机があった。ヒューはその机につくと椅子に深く腰掛《こしか》け天井《てんじょう》を見あげ、ゆっくりと息を吐《は》く。サリムは影《かげ》のように、ヒューの座る背後の壁際に立つ。

騒いでいた連中は、焦《じ》れったそうな顔をしていながらも、銀砂糖子爵への遠慮《えんりょ》から口を開けず沈黙《ちんもく》した。騒ぎを起こした連中の気持ちはわかる。あんな状態で待たされれば、誰《だれ》だって苛立ち、ちょっとしたきっかけで爆発してもおかしくない。アンも、不安でいっぱいだ。

ヒューに一喝され、一瞬にして小さくなった職人たちにかわり、彼に声をかけられるのはアンしかいない。職人たちの視線が自然とアンに集まったので、アンは恐《おそ》る恐る声をかけた。

「あの……ヒュー」

するとヒューが、ようやく視線をこちらに向ける。

「わたしたち、ずっと待ってたの。不安で、苛々して。だから教えて欲しいの。国王陛下も仰《おっしゃ》った、この秋に砂糖菓子《がし》が消えるって。それの本当の意味を。本当に、そんなことおこりえるの？　それを阻止《そし》しろと命じられたけど、職人になにをしろっていうの？」

言われると、ヒューはようやく、職人たちの苛立ちに気がついたようにため息をつく。そのことに考えおよばなかったほど、彼自身も混乱しているのかも知れない。

「そうだな。本当の意味の当事者は、職人だ。もっと早く説明するべきだったが……。俺の立場では、判明したことを国王陛下に報告するのが、まず第一だった。それからすぐに、各派閥に事情を知らせようとしたが、国王陛下側の動きが早すぎて、段取りが狂《くる》った」

座り直して正面を向くと、ヒューは机に両肘《りょうひじ》をつき指を組んだ。組んだ指に唇《くちびる》を押しつけるようにして、静かに口を開く。

「半月前に、そこにいるノアが気がついた。それを説明してやれ、ノア」

促《うなが》されると、ノアはこくんと頷《うなず》いて表情を引き締《し》める。

「砂糖林檎の収穫時期になったんで、僕たち、ホリーリーフ城にいる銀砂糖妖精《ようせい》見習いは全員、銀砂糖の精製作業に入ったんです。ヒングリーさんと、パウエルさんの指導で、砂糖林檎を収穫して精製してました。僕ももちろん参加して、銀砂糖を石臼《いしうす》で粉に碾《ひ》く作業をしていたんです。けれどその時に、銀砂糖が手に触《ふ》れて。そこで違和感《いわかん》があって……」

「違和感とは？」

むっつりと問いかけたマーカスに、ノアは眉根《まゆね》を寄せ、小首を傾《かし》げる。紫《むらさき》のさらさらした髪《かみ》が頰《ほお》に触れて揺《ゆ》れた。

「言葉では言いづらいです。なんというか、ちょっと、じりじりっとする感じがして。いつも砂糖菓子を作る作業で使う銀砂糖とは違《ちが》う気がして。だから、手に触れた銀砂糖を食べてみたんです。そしたら、その銀砂糖は甘くないんです。味がなくて、ただじりじりする」

ステラが、はっと小馬鹿《こばか》にするように笑った。

「精製を失敗してるよね、それって」

——失敗？　そんなこと、あるの？　あの妖精たちに限って。

銀砂糖の精製には、決まった手順がある。それをこなしていけば、質の善し悪《あ》しはあれど、味が変わるほどの大失敗はほとんどない。手順も複雑ではなく、ただ丹念《たんねん》さと忍耐《にんたい》だけが必要な作業なので、見習いが砂糖菓子の製作を手伝う前段階で任される仕事だ。

たとえはじめての精製作業だとしても、銀砂糖に関して勘《かん》のよい妖精たちがそんな失敗をするとは信じられなかった。しかも妖精たちを指導しているのは、キースとキャットだ。彼らの目が光っていながら、そんなことがあり得るだろうか。

「いや、失敗してねぇ。俺とパウエルがきっちり監督《かんとく》して、工程のすべてを確認《かくにん》している。失敗はねぇ」

腕組みし、鋭《するど》い猫目でキャットが答える。しかしステラは肩《かた》をすくめる。

「だって、それ以外に考えられないんじゃないの？　だれだっけ、あんた。キャットさんか」

「『さん』づけして呼ぶんじゃねぇよ、病人。俺たちもまず、作業工程のどこかをまずったんじゃねぇかと疑った。俺たちの目が届いてねぇところで、なんらかのミスがあったかもしれねぇ。だから今度は、パウエルが一人で精製した。だが、銀砂糖は甘くならねぇ。妖精たちは『味がねぇ、じりじりする』とだけ言うが、俺たちの舌には、苦みとして感じた。苦みが抜《ぬ》けねぇんだよ。苦みが抜けねぇ銀砂糖は、練ろうとしても形にならねぇ。どろどろに溶《と》けるか、がさがさになって崩《くず》れる」

するとエリオットが、赤毛の前髪《まえがみ》をかき回しながら訊《き》く。

「それはさ、ホリーリーフ城で収穫《しゅうかく》した砂糖林檎《りんご》に問題があるんじゃないの？　それはどこの砂糖林檎の林から収穫したのよ、キャット」

「俺たちが使った砂糖林檎は、毎年ラドクリフ工房《こうぼう》も利用している砂糖林檎の林のものだ」

その言葉に、マーカスとステラが顔を見合わせた。

ジョン・キレーンが、片眼鏡《かためがね》をはずした。それをハンカチで拭《ふ》きながら、努めて冷静になろうとするかのように問う。

「他《ほか》の砂糖林檎の林は？　試《ため》したか？　ヒングリー」

「ああ。エリオットが言うように、その場所だけの問題かもしれねぇからな。ルイストン近郊《きんこう》の六ヶ所、妖精たちと一緒《いっしょ》に砂糖林檎の林へ出向いて、収穫し、精製した。だが、どこから収穫した砂糖林檎も、結果は同じだった」

そこにいた職人たちが、静かに息を呑《の》む。彼らは経験もあり、腕《うで》も確かな職人だ。ノアが口を開いた瞬間《しゅんかん》から、ある可能性を薄々《うすうす》感じていたはず。しかし逆に長年の経験から、まさかそんなことはあるはずないと否定の材料を探していたのだ。

だが。キャットの言葉は、否定の材料をことごとく粉砕《ふんさい》する。ここまでくれば、職人たちにも認めたくない事実があることに気がつく。

アンも背筋が、ぞっとした。

ゆっくりと、ヒューがキャットの言葉を引き継《つ》ぐ。

「その結果をもって十日前、キャットはノアと一緒に俺のところへ来た。にわかに信じがたかったが……。とりあえず各州へ人を走らせて、銀砂糖の精製をはじめている工房を手当たり次《し》第《だい》に訪ねさせた。そして各州から精製の終わった銀砂糖を持ち帰らせたが、どこで精製された銀砂糖も苦みがある粗悪品《そあく》だとわかった。俺が管理している、王家のための砂糖林檎でさえ結果は同じだ。王国全土で、同じ現象が起こってる」

「……まさか」

それしか、アンは言葉が出なかった。

──王国全土で、銀砂糖の精製に失敗している？

エリオットが腰を浮《う》かせた。

「そんな。じゃ、ペイジ工房が二日前に精製した銀砂糖も……」

「おまえたちに送った使者に命じて、一袋《ひとふくろ》、ペイジ工房で精製した今年の銀砂糖を持ち帰らせている。これだ」

言うと、ヒューは机の引き出しを開き、小さな革袋《かわぶくろ》を机の上に置いた。アンも咄嗟《とっさ》に立ちあがった。エリオットが早足に机に近づき、アンもそれに続いた。

エリオットは焦《あせ》る指先で袋を開く。中に詰《つ》まっているのは、青みがかった純白の銀砂糖。色も、質感も、申し分ないできに見える。彼は掌《てのひら》に銀砂糖を摑《つか》み出し、口に持っていき含《ふく》む。と、その表情が強《こわ》ばった。

アンも袋の中に詰め込まれた銀砂糖を一摑み掌に載《の》せ、口に含む。

ぴりっと、舌に刺激《しげき》が走る。

――苦い。

ヒューは別の二つの袋も、机の上に置いた。

「こちらが、ラドクリフ工房から持ち帰らせたもの。こちらがマーキュリー工房から、城に持ってこさせたものだ」

マーカスとステラ、キレーン。三人も机に馳《は》せより、自分たちが精製した銀砂糖を口に含み、眉《まゆ》をひそめる。

突《つ》きつけられた事実に、職人たちはただ呆然《ぼうぜん》と銀砂糖を見おろしていた。

――王国全土で、銀砂糖が精製できていない。

その言葉が、黒いとぐろのように胸の中で渦《うず》を巻き、何度も反復され響《ひび》き渡《わた》る。

「こんな銀砂糖を精製しても無駄《むだ》だ。だから王国全土に、砂糖林檎の収穫中止と、銀砂糖の精製中止を命じた」

ヒューの言葉だけが、淡々《たんたん》と、重く静かに、部屋の中に響く。

「もう秋だ。昨年精製した銀砂糖は、王国全土でほぼ底をつきかけている。新しい銀砂糖が精製できなければ、来年一年間は砂糖菓子《がし》が作れない。ただ、これは来年一年間だけの問題ではない」

ヒューの茶の瞳《ひとみ》が、その現実の重さを物語るように深い苦悩《くのう》の色を宿す。

「今年の銀砂糖がなければ、来年以降、永遠に銀砂糖の精製は不可能だ」

砂糖林檎を銀砂糖へと精製する工程は、四つある。

砂糖林檎を水に浸《ひた》す。水に浸した砂糖林檎を煮《に》る。煮とかした砂糖林檎を乾燥《かんそう》させる。乾燥した砂糖林檎を粉に碾く。その四つだ。

その四つの工程の最初、砂糖林檎を水に浸すという工程。これは一昼夜砂糖林檎を水に浸すことによって、砂糖林檎から渋《しぶ》みを抜き独特の爽《さわ》やかな甘さを引き出すためだ。この工程に欠かせないのが、最初の銀砂糖。

砂糖林檎を浸す水の中には、必ず一握《ひとにぎ》りの銀砂糖を加えなくてはならない。それを加えなければ、砂糖林檎の苦みは抜けないのだ。それが、最初の銀砂糖とペイジ工房で呼ばれる一握りのことだ。

だがこの最初の銀砂糖は、精製後一年以内の銀砂糖でなければ効果がない。

今年の銀砂糖が精製できなければ、来年の最初の一握りが手に入らない。ということは、来年どんなに砂糖林檎がうまく育っても、来年から銀砂糖は永久に精製できないということ。

「……消える。砂糖菓子が、消える……」

その言葉の意味がやっと理解できた。

絶望と混乱に満たされた頭がぼうっとして、視界がぼやけて、意識が遠のきそうだった。指先が冷たくて、震《ふる》えだしそうだった。

とてつもなく、怖《こわ》くなる。目の前に突きつけられたものが、恐《おそ》ろしくてたまらない。

エリオット、マーカス、ステラ、キレーン。四人も茫然自失《ぼうぜんじしつ》の態《てい》で、銀砂糖の袋を見おろしている。壁《かべ》にもたれて腕組《うでぐ》みするキャットも、その隣《となり》に立ち、うつむいて両手の指を組んでいるノアも、一言も言葉がない。

ミスリルでさえテーブルの上にぺしゃりと座り、ぽかんとしていた。

シャルだけが、窓の外を見ていた。なにかを考えるように、じっと沈《しず》み行く太陽をみつめている。

——なんなの？　これはなに？　いやだ、怖い。

膝《ひざ》が震えそうだ。

突然《とつぜん》、バンッと、激しく机を叩《たた》く音がした。その音の衝撃《しょうげき》に、呆然としていたアンを含めた職人全員が、はっと音の方に目を向けた。

ヒューが、机を両手で力任せに叩いて立ちあがっていた。

「おまえたちは職人だ！」

疲《つか》れた顔のなかで、目だけが、強い意志を秘《ひ》めて底光りしている。

「砂糖菓子を、この世から消してはならない。職人ならば阻止《そし》しろ！　なぜ今年の砂糖林檎は精製できない!?　その理由は!?　わからないのならば、探《さぐ》れ！　そして原因を突き止め、回避《かいひ》の方法を見つけ、銀砂糖を精製するんだ！　王命だからじゃない！　職人がやらなければならないことだ！」

感情をむき出しにし、これほど激しく声を荒《あら》らげるヒューは見たことがなかった。しかしだからこそ、アンははっと冷静になり、彼の言葉が、混乱の極《きわ》みで空白になりかけていた思考に届いた。

――そうだ。砂糖林檎が消えるのならば、それを止めなきゃ。それができるのは、職人だけ。

職人たちは徐々《じょじょ》に混乱からさめ、顔色は悪いながらも目には理性の色が戻《もど》る。

一呼吸置き、ヒューは再び口を開く。

「ぼやぼやしている暇《ひま》はない。この部屋に来る前に、銀砂糖子爵《ししゃく》の名で、各派閥《はばつ》に対して命令の書をしたため使者に持たせて走らせた。各派閥の本工房並びに、その配下の工房、派閥に属さない工房すべての職人に対して、今回の詳細《しょうさい》を知らせた。王国全土の砂糖菓子職人は、銀砂糖が精製できない理由を探れ、とな。理由を発見した職人は、いち早く銀砂糖子爵に報告せよと、王命をもって命じられたと。各派閥の長《おさ》と長代理が、この場にいる。事後承諾《しょうだく》になるが、各派閥の長と、長代理。ラドクリフ、キレーン、ペイジ。三人は、その命令を最優先事項《じこう》として実行するようにと、自分の派閥に対して命令を下せ」

「他《ほか》には？」

意外にも、素早《すばや》く反応したのはマーカス・ラドクリフだった。いかめしい顔つきながら、そこには含みもなく、ただ、淡々とした了承《りょうしょう》の意志だけがあった。

「ここに集まってもらった職人は、シルバーウェストル城にとどまってもらう。全土の職人だけに、任せておくことはできん。俺とともに、原因を探る作業にあたってもらう。派閥の長やその代理の仕事は、工房《こうぼう》に残っている他の者に任せろ。今回の件に関しては、経験と、勘《かん》のよさが必要だろう。俺がそれと見込んで、来るようにと指名したのがここに集めた連中だ」

「いいだろう。そうしよう」

マーカスが頷《うなず》くと、キレーンも、はっと姿勢を正す。

「わかりました。すぐに本工房に対して手配をいたします」

「手紙を届ける人間を用意してくださいよ、銀砂糖子爵。うちは職人頭《がしら》が代わったばかりなんで、細かくやりとりをする必要があるんで」

エリオットが、諦《あきら》めたような微笑《びしょう》で要求する。

職人たちが驚愕《きょうがく》からゆっくりと目覚め、職人らしいしぶとさで、目の前の事実に向き合った気配を感じた。その気配に触発《しょくはつ》され、アンもまた、自分のなかにあるものを奮い起こす。

——そうだ。時間がない。この瞬間《しゅんかん》にも砂糖林檎の実は熟し、そのうちに枝から落ちてしまう。

信じられないような、恐ろしい現実。それが起こったとしても、呆然として怖がっていては、なにもできない。始まらない。

――とめるんだ、なんとしても。

握《にぎ》りしめた拳《こぶし》が、力をこめすぎて白くなる。けれどこうやって自分の掌を握りしめることでしか、自分の不安を制御する方法がなかった。

「各派閥の長と、長代理。自派閥へ指示を送れ。使者は用意してやる。今から指示を出せ」

ヒューの言葉に、マーカス、エリオット、キレーンが頷く。

「キャット、ノア。アンと、ノックス。四人は俺とともに来い。作業場に連れて行く。マーカス、ペイジ、キレーンも、追ってこい。これからの進め方を決める」

そう言ってヒューが立ちあがると、テーブルの上に座りこんでいたミスリルが、ぴょんと跳《は》ねるように立ちあがった。

「待て！　俺様も連れて行け！」

「ミスリル・リッド・ポッド。悪いが、おまえさんが出る幕はない。これは職人の仕事だ」

「勝手に決めるな！　俺様だって、砂糖菓子に関《かか》わってるんだぞ！」

ミスリルは跳躍《ちょうやく》し、拒絶《きょぜつ》したヒューの前に両手を広げ立ちはだかった。

「キース・パウエルが、俺様には色の妖精《ようせい》になる才能があると言ったんだぞ。俺様はな、これから立派な色の妖精になるんだぞ！」

ミスリルの言葉に、アンは驚《おどろ》いた。確かホリーリーフ城にいたとき、ミスリルはそんなことを言っていた。けれどいつも騒々《そうぞう》しくて、色々な希望や妄想《もうそう》をわめき立てているミスリルのことだから、本気で彼がそのことに取り組もうとしているとは思ってもいなかった。

しかし銀砂糖子爵を見あげるミスリルの目は、真剣《しんけん》だ。湖水のように澄《す》んだ青い瞳は、真っ直《す》ぐに銀砂糖子爵を見つめる。

「俺様は、まだ職人見習いの、そのまた見習いかもしれない。けどな、俺の前にだれも色の職人と認められた者がいないなら、俺様は見習いの見習いでも、その分野で立派に先頭を走ってるってことだ！　先頭を走ってる者を、こんな大事な時に参加させないのかよ！」

認めろと、砂糖菓子職人の頂点である銀砂糖子爵に食ってかかる。小さな体から発するそれには、意外なほどの迫力《はくりょく》があった。

「俺様、銀砂糖の様子を見ていたら、なにかがわかるような気がする時がある。きっと役に立つぞ。キースが、なんの根拠《こんきょ》もなしに俺様に才能があるなんて言わないだろう!?」

小さな妖精の気迫《きはく》に黙《だま》り込んでいたヒューが、にやりと笑った。

「なるほど」

ヒューの目が、光る。それは面白《おもしろ》がっているのではなく、なにかの発見を喜んでいるようだった。

「おまえさんが妖精だって事を、忘れてたな。色の妖精の才能なら、ここにいる誰《だれ》も持っていない能力かも知れない」

妖精独特の感覚。それがこの場合、どれほど重要になるか。ヒューもそれに気がついたらしく、顎《あご》をしゃくる。

「来い」

ミスリルの顔がぱっと明るくなる。

ヒューはサリムと、七人の職人と、一人の職人見習いの見習いを連れ部屋を出た。

◇

――銀砂糖が精製できない？

そのことがシャルも、にわかには信じられなかった。

ミスリルを含《ふく》めた職人たちが執務《しつむ》室を出て行くと、極度の緊張感《きんちょうかん》が去ったことで、部屋の空気は一気に弛緩《しかん》したようだった。シャルはふと息をつき、窓辺を離《はな》れた。

ヒューの机に近寄ると、袋《ふくろ》に入れられた銀砂糖に指を触《ふ》れる。

指先から、ふわりとする甘みは感じられない。ただ、じりじりと、痺《しび》れるような感覚がするだけだ。味がない。体に染《し》みこむ力も感じられない。

見た目は銀砂糖だ。しかしこれは、本当の意味で銀砂糖ではなかった。妖精が甘みを感じ、力を得る神聖な食べ物とは似て非なるものだ。

——これはなんの巡《めぐ》り合わせだ。

様々な巡り合わせの意味が、今、徐々に形になってあらわれようとしている気がしてならない。

シャルが生まれてから、リズとともに過ごした十五年はたいした変化もなく、ただ穏《おだ》やかさだけがあった。そして彼女が死んだ後の百年は苦痛に満ちていたが、変化がない点では同じだった。王国は王国として淡々《たんたん》とあり続け、人間たちは小競《こぜ》り合いを続けながらも、シャルとは関係のない世界にいた。

だが、アンと出会った。

苦痛に満ち変化なく続くはずだったシャルの人生の上に、彼女が現れたことでなにかが変わった。百年間、出会うことがなかった兄弟石の妖精たちと出会い、最後の銀砂糖妖精と出会った。そして妖精王として、人間王と相まみえた。

たった二年。その間に、百年の時間で一度も起こらなかった出会いや変化が、次々に起こった。それは単純に、アンという、ちいさなつむじ風のような存在とともにあるがゆえに起こった出来事だと感じていた。

しかし今、妖精たちにも深く関わりを持つ砂糖林檎にも、劇的な変化が訪《おとず》れようとしている。

それが、よい変化なのか、悪い変化なのかはわからない。ただ変化が起ころうとしていることだけは、確か。

大きなうねりに、シャルは気づかないうちに取り込まれているのかも知れない。下手《へた》をするとアンと出会ったことも、その得体の知れないうねりが生み出した必然なのかも知れない。

その時、執務室の扉《とびら》の外に押し殺した気配を感じた。

振《ふ》り向くと、見計らったように静かに扉が開く。

「ノックもなく失礼いたします」

落ち着いた声で詫《わ》びながら、濃紺《のうこん》の上衣《うわぎ》を身につけた男が扉に手をかけていた。

宰相《さいしょう》、コレット公爵《こうしゃく》だった。中年の脂《あぶら》っぽさはなく、整った目鼻立ちのおかげで、優男《やさおとこ》という印象が強い。しかしあまりにも鋭《するど》い目をしているので、女子供は恐《おそ》れをなして逃《に》げ出しそうだった。

「銀砂糖子爵《ししゃく》はいない」

告げると、コレットは微笑する。

「存じ上げておりますよ。職人たちとともに出て行くのを、確認《かくにん》しましたから。わたしは、あなたとお会いしたかった。二人だけでね。だから待っていたのですよ、妖精王」

その呼び名に、シャルは警戒《けいかい》を強くする。羽が緊張《きんちょう》し、ぴりっと微《かす》かな音を立て、硬質《こうしつ》な銀の色味が強くなる。それを認め、コレットは笑《え》みを深くした。

「わたしは、ダウニング伯爵《はくしゃく》より銀砂糖子爵の後見人の役目を引き継《つ》ぎました。その時、伯爵から詳細《しょうさい》は伺《うかが》っております」

「なぜ俺のことを知っている」

「ご安心を。害意はありません」

底が知れない、曖昧《あいまい》な微笑《びしょう》だった。こちらを蔑《さげす》んでいるようにも、また、親しみをこめて微笑《ほほえ》んでいるようにも見える。こんな表情をする人間は油断ならない。人間に売り買いされ続けていた百年の間に、シャルはそれを学習した。

「国王はルイストンへ帰還《きかん》したはずだ。宰相が、同行する義務はないのか？」

「普段《ふだん》ならば同行しますが、わたしは今、銀砂糖子爵の後見を任され、子爵には最優先の王命が下っていますから。子爵の近くにいる必要があります。さらにウェストル州公も兼任《けんにん》することになりましたから、ウェストル城がわたしの居城です」

「その、宰相で銀砂糖子爵後見人の州公が、俺に会いたいというのは？　なんのためだ」

「わたしはハイランド国王エドモンド二世陛下に仕える臣です。陛下がお認めになった妖精王に、ご挨拶《あいさつ》しておかねばと思っただけです」

言うなり、彼はすらりとその場に膝《ひざ》を折った。

「わたしは、ハイランド王国国王エドモンド二世陛下に、宰相として仕えます公爵。アーノルド・コレット」

そして笑顔のまま再び立ちあがる。

――膝を折った。

その事実に、シャルは相手への警戒心をさらに強めた。

――これは、ただ者ではない。

コレットの発する雰囲気《ふんいき》は、けしてシャルに対して卑屈《ひくつ》ではない。逆に蔑んでいるのかとさえ思えるのに、彼はあえてシャルに対して膝を折った。表面上恭順の意を示し、相手を油断させるためだろう。

自らの誇《ほこ》りを守ることには、徹底《てってい》して興味がない。ただ目的のために、必要なことをする。そういう者が一番厄介《やっかい》だ。

「以後、お見知りおきを。妖精王《ようせいおう》」

そう言うときびすを返しかけたが、コレットはふと、思いついたように足を止めてふり返った。

「そう、一つだけお伺いしたかったのです。妖精王。あなたはセントハイド城にあった、最後の妖精王が次代の妖精王となるべき妖精を生むため準備した、黒曜石から生まれたと聞きました。しかし文献《ぶんけん》を確認すると、最後の妖精王が準備した宝石は一つではありませんでしたよね。黒曜石の他《ほか》に、ダイヤモンドとオパールが準備されていたはず」

「それが？」

「その兄弟石ともいうべき宝石から生まれた妖精は、存在するのですか？」

「答える義務があるか？」

すっと、コレットの目が細まる。

「昨年の新聖祭の直前、ダウニング伯爵が討伐《とうばつ》しそこね、まだ逃亡《とうぼう》を続けている妖精のことは御存《ごぞん》じです？　あなたはその騒動《そうどう》の渦中《かちゅう》にいらしたようだから」

「知っていたら、なんだと？」

「妖精の名は、ラファル・フェン・ラファル」

ぎくりとした。

ラファルの本当の名を知っているのは、ごく限られた者だ。ラファルは人間たちの前ではグラディスと名乗っていた。さらに、彼の本来の名を知っているシャルやアンが、彼の名を略さずに呼ぶことはほとんどなかった。彼の名を知っているルルも、妖精王たる彼の本名を、やすやすと人間に告げるとは思えない。

「ブラディ街道《かいどう》の城砦《じょうさい》で、そのラファルという妖精は、仲間の妖精を支配していたようですね。不思議ですね。なぜ妖精たちは、彼の支配を受け入れたのでしょうか。その城砦にいたという戦士妖精に、わたしは会いました。彼はなぜ支配を受け入れたのか、その理由は語りませんでした。だがラファル・フェン・ラファルという、その名は教えてくれましたよ」

「……その戦士妖精は、どうした」

殺気をみなぎらせ問う。が、コレットは平然と答える。

「わたしの城に、番兵として置いてあります。ご安心を、無体な真似《まね》はしておりませんよ、妖精王。ですが、逃亡している妖精の名、あなた様とよく似ておりますね、妖精王？」

「なにが言いたい」

苛立《いらだ》たしくなってきた。

コレットはおそらく、ラファルと、彼とともに逃げているエリルが、二人ともに妖精王であると推測し、確信すら抱《いだ》いているのだろう。しかし、それを匂《にお》わせてシャルに迫《せま》り、いったい何がしたいのか。

「ただ、わたしは問いたいのです」

ふいにコレットは微笑をおさめた。鋭さだけの残る顔で、彼はシャルを真っ直《す》ぐに見つめた。

「あなた様は、エドモンド二世陛下と誓約《せいやく》を交《か》わしそれを妖精王として守っている。しかし、妖精王が一人でなかった場合、妖精王の意志は統一されているのでしょうか？　わたしには、そう思えない。であるならば、統一されない妖精王の意志は、我らが王との誓約を破る可能性はありますまいか」

コレットの言葉は正鵠《せいこく》を射ている。それこそがシャルが最も危惧《きぐ》するものであり、ラファルとの決着をつけなくてはならないと心に決めた理由の一つでもある。

ラファルが妖精王として人間と対立する立場で名乗りをあげてしまえば、シャルとエドモンド二世の間に結ばれた細い信頼《しんらい》の糸は断《た》たれる。

それは妖精の未来に暗い影《かげ》を落とす。

数百年先の未来を見つめ、一度は手にした自らの羽を人間に返し、妖精市場へと粛々《しゅくしゅく》と帰って行った妖精たちの覚悟《かくご》が無駄《むだ》になる。

「俺は、人間王との誓約を破るつもりはない。そのために、他の二人との決着をつける覚悟をしている」

「そうですか？」

軽く首を傾《かし》げ、コレットは再び微笑する。

「あなた様が誓約を簡単に破るような者ではないと、わたしにもわかります。ですがわたしは、陛下のように寛大《かんだい》ではありません。王たる者は寛大でよいのです。ですが、その寛大さゆえに王国が揺《ゆ》らぐのであれば、わたしは王の臣下として適切に動きます」

コレットは軽く頭を下げ、執務《しつむ》室を出て行った。

それを見送り、シャルは拳《こぶし》を握《にぎ》る。

コレット公爵の言葉は公正なようでいながら、人間が立場的に優位にいることを放棄《ほうき》していない。彼は暗に、妖精王たるシャルに命じたのだ。

『妖精王の意志を統一しろ』と。

──そうだ。あれは命令だ。

軽く、唇《くちびる》を噛《か》む。怒《いか》りが、ふつふつとわきあがる。

コレット公爵《こうしゃく》の来訪の目的は、警告だ。妖精王が意志を統一しなければ、人間との関係がゆらぐのだ、と。人間の側は、そのゆらぎに対していっさいの妥協《だきょう》はせず、ゆらげば一瞬《いっしゅん》にして関係を破棄《はき》するのだと。

——今すぐにでも、ラファルと対峙《たいじ》する必要があるのか？

ふと考え、シャルはすぐに強く首を振《ふ》る。

——いや。駄目《だめ》だ。だからといって、ラファルと対決はできない。

焦《あせ》る気持ちを、冷静な思考が押しとどめる。

ラファルのもとへ向かい決着をつけ、人間王エドモンド二世やコレット公爵に、妖精王の意志を統一したと告げることは、彼らの手足となり、人間にとって邪魔《じゃま》な存在を消したにすぎなくなる。

シャルはその瞬間、人間に支配されるだけの妖精王に成り下がるだろう。

ラファルと決着をつける必要がある。しかし、それを急《せ》いてはならないのだ。今この瞬間ラファルの存在は人間に脅威《きょうい》であり続け、それは、はからずも妖精にとって武器たり得る存在になっているのだ。

——そうであるなら、ラファルを滅《ほろ》ぼすことはできない。

だがラファルという武器は、危険すぎる。この武器を放置すれば、いずれ人間に害をなし、妖精と人間の関係を最悪の方向へ導く。

砂糖菓子の存在によって、今、ようやくすこしだけ、人間と妖精の関係は改善の兆《きざ》しを見せている。

国王エドモンド二世は、妖精たちが砂糖菓子職人となることを認めた。妖精たちがそこから長い年月をかけて、人間の中に居場所を見つけていくための足がかりはできた。

――だがこのままで、すべてが良い方向へ流れていくとは言えない。

コレットの言葉が、奇《く》しくもそれを証明している。

年月が流れ、妖精たちが人間の中に居場所を見つけたとしても、人間と妖精が対等であるという意識は人間の中には薄《うす》い。その意識の薄さが、人間の中に立ち交じった妖精たちを苦しめるだろう。五百年間、支配者としてあり続けた人間たちは、容易に変化しない。コレットの言葉が、シャルに根本的な問題をつきつけている。

それはすなわち、現状では、妖精は人間と対等ではないということ。

今のままでは、妖精たちがどれほど人間の中に立ち交じろうとしても、一番根っこの部分で妨害を受ける。

妖精が人間と対等である。その単純で根本的なものが保証されないかぎり、妖精たちは常に苦難を強《し》いられる。

根本的な問題を、正す必要がある。

——しかし、どうやって？

すっかり暗くなった窓の外に目を向け、シャルは考えに沈《しず》んだ。

——なにをもって、俺たちは人間と対等な立場にいられる？

秋の夜空に、澄《す》んだ輝《かがや》きの星々が瞬《またた》いている。

妖精が人間と対等な未来を手に入れようとしたとき、シャルはラファルとは別の、妖精の武器たりえるものを見つける必要がある。それは、妖精が人間と対等であるという確証を得るための武器だ。

ラファルよりも安全で、扱《あつか》い次第《しだい》では、人間と妖精の未来に影を落とすことのない武器。

しかし。その武器を人間の前にちらつかせたとき、人間は果たしてどう出るのだろうか。

人間と共に歩む未来を望みながら、結局、争うことになるのではないだろうか。

そこまで考えがおよんだ瞬間、片羽に悪寒《おかん》が走る。

——最後の妖精王リゼルバ・シリル・サッシュと、セドリック祖王。

彼らもまた、互《たが》いに共存する未来を望みながら、最後には戦うことになった。

自分が、同じ轍《てつ》を踏《ふ》まないとどうして言えるだろうか。だがそれを恐《おそ》れ、妖精の未来を人間にひれ伏《ふ》すだけのものにはできない。五百年間虜囚《りょしゅう》となっていた銀砂糖妖精の願いや、未来に希望を託《たく》し、妖精市場に帰った妖精たちの思いを無駄にはできない。

支配する者としての妖精王は必要ない。ただ最後の妖精王に希望を託されたからには、未来へ続く道を一歩でも切り開くべきだ。

それが最後の妖精王に望まれた、シャルの存在意義だとすれば。

——俺は、妖精のための未来を選ぶ必要がある。

もし最悪の事態になったとき、シャルは、永久に守り続けると誓《ちか》った恋人《こいびと》とともにいることすら、不可能になるのではないだろうか。

「……アン」

自らの両掌を見おろす。両腕に抱《だ》きしめている者を、自分は手放す時が来るのだろうか。その可能性が、なによりも恐ろしかった。

三章　受け継がれる王冠《おうかん》

「楽にしろ」

身につけていた銀砂糖子爵《ししゃく》のマントと上衣《うわぎ》を脱《ぬ》いで椅子《いす》の背に無造作にかけると、ヒューはその椅子を引き寄せた。そして行儀悪《ぎょうぎわる》く、背もたれを前にして座る。

その様子に、マーカスは鼻白んだ様子だった。

「銀砂糖子爵。なんたる格好だ」

「俺は疲《つか》れてると言ったろう、マーカスさん。しかもこれから、俺もおまえさんたちと一緒《いっしょ》に作業に入るんだ。すましていられないぜ、さすがにな」

「子爵たる者が」とぶつくさ言いながらも、マーカスは手近な椅子に座る。他《ほか》の職人たちも、それぞれに場所を見つけて座ったり、あるいは壁《かべ》にもたれたりして落ち着く。

そこはシルバーウェストル城に幾《いく》つかある塔《とう》の一つ。その地下にある、銀砂糖子爵の作業場だった。

壁に沿って造られた石階段を下りると、塔の底にあたる地下室に降りられる。塔は先端《せんたん》まで吹《ふ》き抜《ぬ》けになっており、要所要所の壁面《へきめん》にあけられた窓から、地下の作業場に、適度な光量で光が射《さ》しこむ寸法だ。

見あげれば首が痛くなるほど高い塔の内部と、壁面からこぼれ落ちてくる光が、塔の底を照らす。そこは国王のための最も神聖な砂糖菓子を作る場所ゆえに、荘厳《そうごん》な空気が満ちるはずだ。

しかし陽《ひ》が沈みきった今、塔の内部は暗かった。円形の壁に等間隔《とうかんかく》に並んだランプに明かりを灯《とも》すと、ようやく、作業場の様子がはっきりと見て取れる。

床《ゆか》に石を貼《は》った円形の部屋の中には、中央に大きな作業台が一つ。壁をくりぬいて造られた棚《たな》には、色粉を詰《つ》めた瓶《びん》が、千ではきかない数並んでいる。石壁から澄んだ地下水が流れ出る、水場も作りつけられていた。

以前アンは、ヒューに案内されてここに足を踏み入れたことがある。しかし他の職人たちは、はじめて踏みこむ銀砂糖子爵の作業場の空気に、気を呑《の》まれたように周囲を見回していた。

この場所には、基本、銀砂糖子爵しか入れない。神聖な場所であるから、無闇《むやみ》に蹂躙《じゅうりん》されてはならないのだ。だからヒューの影《かげ》のように付き従っているサリムでさえ、作業場の出入り口の外で待っている。しかし例外的に入れるのは、職人だ。銀砂糖子爵の作業を手伝うための職人の出入りは、子爵の許可があればできる。

「で？　銀砂糖が精製できねぇ理由をどうやって検証する」

ヒューの近くに、壁にもたれて立っているキャットが急かすように訊《き》く。

するとヒューは、鋭《するど》い目で職人たちを見回しながら、問いかけた。

「まず確認しよう。今年の銀砂糖が精製できない原因は？」

「砂糖林檎《りんご》」

「砂糖林檎です」

「砂糖林檎だ」

「砂糖林檎だと思います」

職人たちはそれぞれがほぼ同時に声をあげた。

アンも、断言した。

例年と同じことをして、今年の銀砂糖だけが精製できない理由。それを考えるとき、去年と今年で違うものを思い浮《う》かべるのは当然だった。

去年と今年で違うのは、砂糖林檎だけだ。

「俺も、今年の砂糖林檎に異変があると推測してる。だが、ただの推測だ。ここにいる職人で、今年の砂糖林檎が例年とどこが違うか、見極《みきわ》める。同時に、今年の砂糖林檎を使って、なんとか正常に精製できる方法も探《さぐ》らなくてはならない」

今この瞬間《しゅんかん》にも砂糖林檎の実は熟《う》れ続け、熟れただれてしまえば枝から落ちる。時間は、あまりない。原因を探るのと同時に、どうやれば精製が可能になるかを試行錯誤《さくご》する必要がある。

「今年の砂糖林檎の実が、例年とどこが違うか。それを探るには、長年の経験と、砂糖林檎に関する感覚が必要ですよねぇ。ね、ラドクリフ殿《どの》」

作業台近くの椅子に座ったエリオットが、面白《おもしろ》そうにちらりとマーカスに目をやる。マーカスは渋《しぶ》い顔をした。

「なるほどな。銀砂糖妖精の技術継承《けいしょう》に呼ばなかったわたしを、なぜ今回に限り呼んだのか。そういうことか、銀砂糖子爵。年寄りだから、呼んだということか」

ヒューが名指しで呼んだ職人には、それぞれ期待されていることがあるのだ。

各派閥《はばつ》から、銀砂糖妖精の技術を受け継いだ、勘《かん》がよいと目される職人。エリオット、キレーン、ステラ。あとは、経験豊富なマーカス。妖精としての感性を期待して、ノア。そしてノアの支えをする役目もあるのだろうが、性格に問題ありといえど、確かな技術を持っているキャット。

砂糖菓子《がし》を形にする技術をいまだ取り戻《もど》しきっていないアンでも、この場合は、銀砂糖に対する勘のよさという点で呼ばれたのだろう。

「ご明察だ、マーカスさん。あんたは役に立つ。技術もあるし、銀砂糖師の中で最年長だ」

年寄り扱《あつか》いされ、マーカスは不機嫌《ふきげん》そうにふんと鼻を鳴らし、腕組《うでぐ》みした。しかしそれでも、ちろりと周囲を見回して告げた。

「よかろう。砂糖林檎の検証を引き受けよう。だがともに検証する職人は、わたしに選ばせてもらうぞ」

「ご自由に」

ヒューは、にっと笑う。マーカスの視線がゆっくりと動く。そして、

「元教父学校の学生だ。知識も豊富だろうから、キレーン。そして、国教会独立学校の卒業生で、これも知識に期待ができるノックス。それからおまえ、見習い」

最後に指さされたのは、ノアだった。一番目立たない端っこの椅子に座っていたノアは、びくんと飛びあがった。

「ぼ、僕!?　どうして」

「妖精《ようせい》の感性とやらがあるらしいからな。そもそも、おまえが最初に異変に気がついたのだろう。見習いでも、役に立つかも知れん」

「は……はい」

どことなくビクビクしながら頷《うなず》いたノアだが、アンはマーカスの選択《せんたく》が心強かった。

——マーカスさんは妖精の職人を認めてないくせに、砂糖菓子に関しては最善策を選ぶ。

大多数の職人は、妖精が砂糖菓子職人として働くことに抵抗《ていこう》を感じるだろう。マーカスもその代表格だ。けれどこうやって妖精の職人は、欠かせない存在になってくる。マーカスは抵抗を感じながらも、それを認めている。

人間と妖精が、いつのまにか交わるのはこういう瞬間なのだろう。交わったところから境目が曖昧《あいまい》になり、溶《と》け出し、いつか境界線は消えるかもしれない。

「この三人とわたしで、砂糖林檎の検証をする。人数は不要だ。頭も経験もない職人が増えて

も、役に立たん。あとパウエルがいれば、欲しいところだがな」

「あいつには、ホリーリーフ城の仕事を一任してある」

答えると、ヒューは息が苦しそうにちょっと息継《いきつ》ぎをした。ひどく顔色が悪かったが、彼はそのまま言葉を続けた。

「さすがにパウエルも、こちらに呼び寄せることは不可能だ。あちらの機能が麻痺《まひ》する。パウエルが、あちらの妖精たちをまとめて、妖精たちの感性でなにかを見つけることにも、俺は大いに期待している」

マーカスは頷く。

「致《いた》し方あるまい」

「残りの奴《やつ》は頭に期待できねぇ、勘だよりの職人だってのか？」

鼻の付け根に皺《しわ》を寄せたキャットに、キレーンが肩《かた》をすくめる。

「反論できるのかね？　ヒングリー」

「けっ！　するかよ！」

吐《は》き捨てると、キャットは作業台に近寄って手をつき、身を乗り出す。

「で、残りの頭スカスカ組はどうする？」

スカスカという言葉にはなんとなく反論したい気もしたが、自信がないのでやめておいた。

そのかわりに、キャットの傍《かたわ》らに立つ。すると作業台の周囲にアンと同様、エリオットもやってきた。ミスリルも作業台によじ登り、輪の中に加わる。

「ひい、ふう、みぃ……と、四人いますよね。銀砂糖子爵《ししやく》を含《ふく》めれば、五人。それぞれ、工程ごとに分担をするというのはどうでしょう」

とりあえずアンは、以前ペイジ工房《こうぼう》で職人頭《がしら》をしていた時のことを思い出しながら提案した。

「水に浸《ひた》す。煮《に》る。乾燥《かんそう》させる。碾《ひ》く。工程は四つ。けど最後の碾く工程は銀砂糖の質に関係ないから、実質三工程。三つの工程に銀砂糖師四人がばらけて入るのが、一番いいよねぇ」

エリオットが言うと、キャットが細く長い指で自分の顎《あご》を撫《な》でる。

「いや。よくねぇ。もう一つ、粗悪《そあく》品としてできあがった銀砂糖に、別の工程を加えて正常な銀砂糖にできねぇか、その可能性も考えなきゃならねぇはずだ」

「だったら銀砂糖師四人が、三つの通常工程と、新しい別工程の一つに、分かれて検証する必要があるんですよね。わたし……どの工程が一番向いてるのかな……」

アンの呟《つぶや》きに、ミスリルが即答《そくとう》した。

「粗悪品をまともに変える工程が、いいに決まってるだろう！　アン。おまえキースと一緒《いっしょ》に、去年できが雑だった銀砂糖を、それなりの質まで変える作業をしてたじゃないか」

「それならアンは、担当範囲《はんい》は決定だろうねぇ」

エリオットの言葉に、キャットが頷く。ミスリルが、バンと胸を叩《たた》く。

「みんな大船に乗った気でアンに任せろ。俺様がアンと一緒に作業してやるからな！」

「え？　泥舟《どろぶね》？」

アンが問い返すと、ミスリルが顔中口にして喚《わめ》いた。

「誰《だれ》が泥舟だ!?　大船だ！　お・お・ぶ・ね！　泥舟って、あっという間に沈《しず》むじゃないか！」

「ご、ごめん。聞き間違《まちが》い……」

しょぼしょぼと肩を縮めて謝っていると、その様子にエリオットがふっと緊張《きんちょう》を解いた笑顔《えがお》を見せる。そして片手をあげた。

「じゃ、俺は煮る工程で。体力いりそうだし、長時間つきっきりにならなくちゃいけないから。色々忙《いそが》しい銀砂糖子爵とか、体力なさそうなキャットよりも俺が適任でしょ」

キャットはむうっと唸《うな》る。キャットも男だ。アンに比べれば格段に体力はあるが、エリオットと比べればあきらかに線が細いのだから、頷かないわけにはいかないらしい。

「わかった。俺は、砂糖林檎を水に浸す作業に入る。苦みが抜《ぬ》けねぇなら、最初の工程の工夫《くふう》によってなんとかなる可能性が高い。色々条件を変えて、やってみる。残りの工程をてめぇがやれよ、ボケなす野郎《やろう》」

「乾燥か。条件の変更《へんこう》はさして多くないだろうが、俺はおまえたちみたいに作業場に詰《つ》めっぱなしはできないだろうからな、ちょうどいい」

「それじゃ、さっそく……」

作業に取りかかろうと、アンは作業台を離《はな》れようとした。しかし体を反転させた瞬間、ふいに、頭の中を強く揺《ゆ》すぶられたような感じがして足がもつれた。

「おいっ⁉」

隣《となり》にいたキャットが、横に傾《かし》いだ体を危《あや》ういところで支えてくれた。思わずキャットの腕《うで》にすがりついたが、すぐにはっとして体を起こす。

「すみません。うっかり、つまずいて」

言い訳しながら歩き出そうとすると、

「待て」

ヒューの厳しい声がかかった。

アンと同様にそれぞれの作業に取りかかろうとしていた職人たちが、動きを止めてふり返る。

「作業は明日からだ」

「え、でも⁉」

焦《あせ》って、アンはドレスのスカートの布地を握《にぎ》りしめる。

「時間がないのに！　砂糖林檎が全部熟《う》れきって枝から落ちてしまったら、もうおしまい……」

「だからだ。いい加減な仕事をされたら、それこそ命取りだ」

ぴしりと告げ、ヒューは立ちあがる。

「ラドクリフ工房派とペイジ工房派の連中は、移動の直後で疲《つか》れてる。しかも陛下との対面で、神経もすり減らしたはずだ。そんな状態でまともに頭が働くとは思えん。しかも無理をして、二、三日で潰《つぶ》れてもらっても話にならん。原因を突《つ》き止め、精製の方法を発見するまで、何日が必要かわからん」

「わたし、それほど疲れてない……」

それでも反論しようとすると、

「本当にそう言えるのか？　自分の体の状態を、冷静になって考えろ」

鋭《するど》い目で睨《にら》まれた。その視線の怖《こわ》さに、アンは口をつぐむ。

――……休みたいなんて思わない。疲れも感じない。でも……。

言われてみれば。頭が重く、目の奥が鈍《にぶ》く痛む。肩が強《こわ》ばっている。二日間の旅を終え、すぐに国王陛下との対面に引きずっていかれたのだ。体も神経も、くたくたのはずなのだ。

だが知らされた事実に衝撃《しょうげき》を受け、興奮し、自分の疲労《ひろう》を意識することさえできないでいた。

――ヒューは、よくわかっている。

休むことも必要なのだ。職人であるアンたちは、自分に任された仕事をまっとうするために、必要な休息をとり、間違いない仕事に挑《いど》む責任がある。

「子爵が明日だというのならば、明日だ」

配下となった職人を促《うなが》し、作業場を出て行こうとしていたマーカスは深い息を吐いた。そし

て、

「休む部屋と食事を用意してもらおう。銀砂糖子爵」

さすがに年の功と言うべきか、堂々と要求した。

「承知した」

ヒューは答えると、他《ほか》の職人たちをざっと見回す。

「今夜は休め。明日からだ。俺も、限界だ」

最後にそう言った彼の言葉に、疲労の大きさが滲《にじ》んでいた。


従者に案内され、職人たちはそれぞれ部屋を与《あた》えられた。

キャットとノアは、十日前から城に滞在《たいざい》しているので、ずっと二人で使っている部屋に帰った。マーカスとキレーン、エリオットは派閥《はばつ》の長《おさ》と長代理という立場上、個室を与えられた。

従者は気をきかせて、女の子のアンにも個室を用意してくれようとしたが、アンは逆に、シャルとミスリル、三人同室にしてくれるようにお願いした。様々なことがありすぎて、一人部屋で眠《ねむ》るのはあまりにも心細かった。

アンは従者に連れられて暗い廊下《ろうか》を歩いていた。従者の持つ蠟燭《ろうそく》の明かりは、ゆらゆらと暗《くら》闇《やみ》に頼《たよ》りなく光り、その光の揺れと、周囲の暗さが、疲労感を引きずり出すようだった。肩《かた》に乗るミスリルも、うつらうつらしている。

「食事は、後ほどそれぞれの部屋にお持ちしますので」

言いながら従者が、一つの部屋の扉《とびら》の前で立ち止まる。そして体を扉の脇《わき》に避《よ》けると、促すように頷《うなず》いた。

「お連れの黒髪《くろかみ》の妖精《ようせい》の方は、もう部屋にご案内してありますので。中にいらっしゃいます」

「ありがとうございます」

頭をさげると、従者はにこりと笑って背を向けた。

「疲れちゃったね……。ミスリル・リッド・ポッド」

肩の上に座る妖精に話しかけるが、返事がない。おやっと思って目を向けると、ミスリルはアンの首にもたれるようにして、くうくう寝息《ねいき》を立てていた。アンはミスリルを起こさないように、そっと両手で包んで肩から下ろし、胸の前に抱《かか》える。そして目の前の扉を開いた。

シャルが案内された部屋は、一人部屋らしかった。

分厚い天蓋《てんがい》がついたベッドは大きく、ゆうに三人が横になれそうだった。だが銀砂糖子爵《ししゃく》が、相部屋を使わせるわけはない。なにしろシャルは妖精王という立場だ。それを知っているヒューは、従者に個室を用意させるはずだ。

バルコニーに出られる掃《は》き出し窓《まど》を開け、夜の空気を部屋に入れる。足を投げ出し頬杖《ほおづえ》をついて、一人がけの椅子《いす》にゆったりと座る。さざ波に揺れる湖面が、月光を跳《は》ね返している。その、きらびかなさざ波の向こうに黒く立ちあがる城の影《かげ》を、シャルは見つめていた。

——あそこにコレットがいる。

久しぶりに感じる、人間に対する怒《いか》り。それがじりじりとくすぶる。

——武器が必要だ。人間たちに対抗《たいこう》するための、安全な武器。扱《あつか》い次第《しだい》で、人間の脅威《きょうい》にもなり得るが、根本的には、危険をともなわない武器。

考えれば考えるほど、そんな都合の良いものは思い浮《う》かばない。

ふいに、扉の前で話し声がした。顔をあげると、ノックもなく扉が開き、アンがひょこりと顔を覗《のぞ》かせた。

「どうした？」

職人たちはすぐに作業に入るだろうと思っていたので、彼女の顔を見られたことが意外だった。後ろ手に扉を閉めると、アンは真っ直《す》ぐベッドに向かった。そして、

「うん。ミスリル・リッド・ポッドが寝ちゃったの」

と答えながら、胸の前に抱えていたミスリルを、ベッドの中にそっと入れる。

「だからといって、なんで、その騒音《そうおん》のもとを俺の部屋に置きに来るんだ？　嫌《いや》がらせか？」

眉《まゆ》をひそめて問うと、アンはびっくりしたような顔をした。そしてすぐに、ぱたぱたと焦ったように手を振《ふ》った。

「あっ、ごめん！　わたし勝手に！　そうよね、シャルは一人部屋がよかったよね！」

そして申し訳なさそうに、しきりと前髪《まえがみ》を引っ張る。

「ごめん。わたしが勝手に、シャルとミスリル・リッド・ポッドと同じ部屋にしてくださいって、お願いしちゃったの。でもよく考えたら、シャルが一人静かに寝たいと思うのは当然……」

慌《あわ》てる彼女の様子が面白《おもしろ》くて、シャルはくすっと笑って立ちあがった。

「すぐに別の部屋を用意してもらうようにお願いしてくるから！　その間だけ、ちょっとミスリル・リッド・ポッドをこのまま寝かしててもらえれば。起こすの可哀相《かわいそう》だし！」

駆《か》けだそうとしたアンの手首を、シャルは握った。なにを思ったのか、アンはぱっと左手を上げて宣誓《せんせい》するように勢いよく言った。

「心配しないで！　行ってくるから！」

「落ち着け。それよりも、作業は？」

「うん。それが……すぐにでも作業を始めたかったけど、ヒューが、みんなに休めって。明日からだって。ヒューが『俺も、限界だ』って、はっきり言ったの。ヒューがあんなこと言うの、はじめて聞いた。たぶんヒューは、とても疲れてる」

急に、アンがしょんぼりと項垂《うなだ》れた。

「さすがの銀砂糖子爵も、心労がたたったのか」

いつになく余裕《よゆう》のない態度だったヒューの様子を思い出す。彼は、砂糖菓子《がし》にすべてを捧《ささ》げているような男だ。その彼が砂糖菓子が消える事実を突きつけられれば、どれほど必死になり、無理を重ねるか。

——使命と責任か。

今のシャルには、痛いほどわかる。シャルにも、使命がある。そして責任も。だからこそコレットの言葉に、怒りを感じたのだ。

「そうみたい。で、とりあえずわたしは、お部屋のことを頼《たの》んで」

もう一度駆け出そうとするので、シャルはアンの手首を握った手に力をこめ、彼女の体をやすやすと反転させた。

「えっ……」

目をぱちくりさせるアンの腰《こし》を、抱《だ》き寄せる。

「かまわん。このままで」

「でも、シャル。うるさいのがどうのって」

「騒音のもとは、とりあえず寝ていればかまわない」

「でも一人部屋がいいんじゃ」

「おまえと一緒《いっしょ》がいい」

　窓から入ってくるわずかな月光のおかげで、アンの表情がわかる。目をまん丸にして、その顔が徐々《じょじょ》に赤くなってくる。耳まで赤くなる。アンを抱きしめると、胸にくすぶる人間への怒りが静まる。アンの、真っ赤な耳に軽く口づけた。ふわっとした感触《かんしょく》を唇《くちびる》に感じる。アンの耳は、今、とても熱いのだろう。

「シャル……あの……。あの……」

　慌てふためいたように、身じろぎする。

「キスしていいか？」

　恋人《こいびと》の振る舞《ま》いに不慣れな彼女を脅《おど》かさないように、耳元で甘く囁《ささや》き確認《かくにん》すると、唇が触《ふ》れる場所のふわふわした感触が強くなる。

「キ、キス⁉　キスって、あれ、その。四回目の？」

　うろたえるように問われ、びっくりした。思わず耳から唇を離《はな》し、真っ正面からアンの顔をまじまじと見つめた。

「数えてるのか⁉」

　アンは飛びあがりそうな勢いで否定した。

「ううん！」

　しかしすぐに、自分の誤魔化《ごまか》しが通用しないと悟《さと》ったのか、

「あ、その。あの……うん。数えてる……」

ためらった後に認めると、申し訳なさそうにうつむく。

「そんなものの回数を数えてどうする!?」

力の限り問いただす。が、アンがあまりにも恥《は》ずかしそうにもじもじする。その様子があまりにも幼くて、くすくすと笑い出してしまった。笑いながら抱きしめると、細く頼りない体つきが、なお愛《いと》しくなる。

そして同時に、この瞬間《しゅんかん》があまりにも満ち足りているので再び不安になる。

コレット公爵《こうしゃく》の、「ただ、わたしは問いたいのです」という言葉が、ちらりと脳裏《のうり》をよぎる。

シャルは妖精のための武器を、見つける必要がある。そしてアンは、彼女の生きる意味である砂糖菓子を守るために、今ある異変と向き合わなければならない。

アンの命が尽《つ》きるまで、こうやって永久に寄り添《そ》い続けることが、果たして二人はできるのだろうか。

抱きしめていると、アンもそこそこ慣れてきたらしく、緊張《きんちょう》がほぐれていくのがわかる。柔《やわ》らかくシャルの腕《うで》に身を預け、ふぅっと長い息を吐《は》いた。彼女も疲《つか》れているのだろう。

「銀砂糖は、精製できそうか?」

問うと、胸に頰《ほお》をすり寄せるようにしてアンは首を振る。彼女の髪《かみ》から甘い香《かお》りがする。

「わからない。でもみんなで、やろうと決めたの。王国全土の職人たちも、知らせを聞いたら考えはじめる。ホリーリーフ城にいる妖精《ようせい》のみんなも考えてくれる。どうにかなると信じてる」

声の調子は不安げだったが、言葉は、己《おのれ》を励《はげ》まそうとするように強い。

「おまえの砂糖菓子作りの感覚は？　まだ、充分《じゅうぶん》取り戻《もど》していないのに、どうする」

「今は、わたし自身のことよりも、銀砂糖のことを考えなくちゃいけないもの。わたしのことは、その後かな」

とりあえずアンは、この場所でやらなくてはならないことがある。その間、シャルはどうするべきか。

——妖精の武器。それが見つけられなければ、ラファルと決着をつけることもできない。

突然《とつぜん》、物思いに沈《しず》んだシャルの気配を察して、アンが顔をあげる。

「シャル？　どうしたの？」

「なんでもない」

その時、部屋の扉《とびら》がノックされた。食事が運ばれてきたのだろう。

抱きしめていたアンを解放し、頭を撫《な》でてやった。

「食事をして寝ろ。疲れているはずだ。銀砂糖子爵《ししゃく》の指示に従って、休め」

「おおおぉぉおお〜!! 俺様、なんてことをっ!!」

突然の大声に、アンはびっくりして目が覚めた。

早朝のうすい光が差すベッドの上で、ミスリルが髪を掻《か》きむしりながらのたうち回っていた。

「馬鹿馬鹿馬鹿、俺様の大馬鹿!」

「どうしたの!? ミスリル・リッド・ポッド!?」

飛び起きようとしたが、アンの体は動かなかった。同じベッドの中にシャルが眠《ねむ》っていて、しかも毛布の中でしっかりアンを抱きしめている。

「シャル!? なに、これ!」

昨夜は、部屋に運ばれた食事をとると、一気に睡魔《すいま》におそわれた。あまりの眠さに、よろよろしながら寝間着《ねまき》に着替《きが》え、這《は》うようにしてベッドに潜《もぐ》りこんだ。シャルがその後どうしたのか、まったく記憶《きおく》にない。

吐息《といき》が触れるほど間近に、シャルの顔がある。長い睫《まつげ》の影《かげ》を頬に落とし、彼は綺麗《きれい》な寝顔で眠っていた。上衣《うわぎ》を脱《ぬ》ぎ、薄《うす》いシャツ一枚になった楽な姿で気持ちよさそうに体をのばしている。が、気持ちよさそうだからといって、ここは起こすのをためらっているときではない。

「シャル！　シャル！　ちょっと、これは……」

薄い木綿《もめん》の寝間着一枚の姿で抱きしめられていることが、いたたまれないほど恥ずかしい。

そしてアンの頭の上で、ミスリルはさらに呻《うめ》き懊悩《おうのう》していた。

「俺様なんで、昨夜に限って寝ちゃったんだ！　俺様の横でアンとシャル・フェン・シャルは、なにを繰《く》り広げてたんだ⁉　あんなことやこんなことや、そんなことか⁉　無念だ‼　こんな大チャンスを逃《のが》すなんて！」

「なにも繰り広げてないってば！　た、多分！」

焦《あせ》るアンとは対照的に、シャルがのんびりと瞼《まぶた》を開く。そして、

「目が覚めたか？」

囁いて、冷たい指でそっと頬に触れる。するとミスリルが、頬を両手で挟《はさ》んで絶叫《ぜっきょう》する。

「なんだなんだ⁉　そのいかにも、なにかありました的な余韻《よいん》を漂《ただよ》わせる態度！」

「シャル！　変な誤解を生むから、とにかく起きない⁉」

うるさげに眉《まゆ》をひそめ、シャルはようやく抱きしめていたアンを放し体を起こした。そして、

「黙《だま》れ！」

呻くミスリルの後ろ頭を、指先でペシッと弾《はじ》いた。その勢いでベッドから転げ落ちたミスリルは、ぎゃっと悲鳴をあげたが、すぐに再びベッドの上に飛び乗ってきた。

「なにするんだ⁉」

「妖精王が朝から馬鹿なことで騒《さわ》ぐな」

ミスリルは、ふんっと腕組《うでぐ》みして、傲然《ごうぜん》とシャルを睨《にら》みつけた。

「俺様のこと、妖精王、妖精王と、おまえやたらと持ち上げるよな。おかしいと思ってたんだ。だけど俺様はやっと、おまえの魂胆《こんたん》がわかったんだぞ、シャル・フェン・シャル」

「なに？」

「俺様、気がついたんだ。おまえが俺様を妖精王と呼んで持ち上げて、気をそらそうとしていた本当の理由を。そして、おまえが国王陛下の謁見《えっけん》に呼ばれたわけをな！」

そこでぴしっと人差し指を立て、ミスリルは顎《あご》をそらした。

「おまえはアンと恋人同士になって浮《う》かれちまった勢いで、自分も砂糖菓子《がし》職人になって、アンと一緒《いっしょ》の時間を増やそうって魂胆だ！　そこで狙《ねら》いをつけたのが、俺様の立場だ！」

ミスリルがなにを言い始めたのか。アンはきょとんとしてしまい、シャルは訝《いぶか》しげに首を傾《かし》げる。二人の態度を意に介《かい》さず、彼は滔々《とうとう》と続ける。

「俺様は色の妖精になる才能がある。今は誰《だれ》も色の職人になってないから、これから砂糖菓子に関《かか》わる職人になろうとするなら、この立場は狙い目だ。そこでおまえは俺様の、色の妖精になる立場を横取りして、自分が色の妖精になろうとしているんだろう！　国王陛下の謁見に呼ばれたのは、おまえが自分を色の妖精だとヒューの奴《やつ》に密《ひそ》かに売り込んでたからなんだろう！　どうだ！　全部お見通しだ！」

しんと、アンもシャルも沈黙《ちんもく》してしまった。どこから突《つ》っこめばいいのかわからないほど、徹底《てってい》した勘違《かんちが》いだった。

「よく……考えたな……」

しばらくして、ようやくシャルが言った。「よく（そこまでのでたらめなことを）考えたな」という意味だろうシャルの言葉を、どう受け取ったのか。ミスリルはふふっと笑う。

「恐《おそ》れ入ったか。だがな、色の妖精ってのは、才能がなけりゃなれないぞ。俺様にはその才能がある。俺様はその才能をこれから磨《みが》いて、五百年ぶりにあらわれる色の妖精として、名を馳《は》せる予定だ。そこで、考えた」

「ちなみに……なにを？」

恐る恐る、アンは訊《き》く。またなにやらとんでもないことを考えていそうだ。

「俺様は、色の妖精になる修業《しゅぎょう》に専念するべきなんだ。だから妖精王と兼業《けんぎょう》なんかやってらんないからな、妖精王をやめる。そのかわり、色の妖精になれないシャル・フェン・シャルが気の毒だから、妖精王を譲《ゆず》ってやる」

「おまえは……心の底から、ある意味尊敬できるほど……馬鹿だ」

心底呆《あき》れたようなシャルの言葉は言葉どおりの意味だろうが、ミスリルはぴしっと手をあげて、くうっと痛みに耐《た》えるように目を閉じる。

「なにも言うな！　俺様も身を切られるほどにつらい！　けれど馬鹿と言われようが、それが俺様の運命だ！　俺様の決断は、重大な決断だ！」

「え～と、ミスリル・リッド・ポッド。そうじゃなくて……」

言いかけたアンにも、ミスリルは涙目《なみだめ》を向ける。

「アンも止めるな！　でも考えてみろ！　色の妖精と妖精王と、どちらが大切だ!?　色の妖精に決まってるだろう!?」

「え？　え？　そうかな？」

「絶対そうだ！　色の妖精は砂糖菓子作りに協力できるけど、妖精王は生産性皆無《かいむ》だ！　しかも、つまんない！　だから俺様は涙を呑《の》んで、妖精王をシャル・フェン・シャルに譲る」

どうやら、ミスリルの意識の中で妖精王は、勝手になったり辞《や》めたりできるものらしい。お手軽な王様観に頭痛がしそうだが、意外にも、彼の目は真剣《しんけん》だった。

「妖精王は妖精の民《たみ》のためにいるんだろう？　色の妖精にはなれなくても、妖精王くらいならシャル・フェン・シャルにもできそうだ。なにしろ、俺様の王国にはアンもおりこみずみだからな、適任だ」

様々なことを勘違いして、ぐるぐるとおかしな理論と思考を繰り返すミスリルだったが、彼は意外にも物事をよく見ている。その彼が、おかしな思考を経て辿《たど》り着いた先に、妖精王たるシャル・フェン・シャルの存在がある。

それこそが、なんとなく運命じみていた。

——本物の王は、やっぱり、その巡《めぐ》り合わせで王となるべき存在なのかな。

ふいに胸がずきりとした。

ただの砂糖菓子職人の恋人《こいびと》として、シャルはぬくぬくと生きられない定めなのだ。それを突きつけられた気がする。

「王冠《おうかん》は俺様が食べちゃったけど、王冠を持っている俺様がおまえに託《たく》すんだ。だからおまえは、間違《まちが》いなく正銃な妖精王だ」

睫にかかる髪《かみ》を振《ふ》り払《はら》い、シャルはふっと笑った。

「誰も彼も、俺に面倒《めんどう》ごとを押しつけたいらしい」

「なんだ？　いやなのかよ」

「正直、なりたいものではないがな。おまえが託すなら、……それも定めと思えなくもない」

黒い瞳《ひとみ》に、あきらめと覚悟《かくご》が見える。ミスリルから託される妖精王は、シャルの出自よりも強く、彼の中に王としての確信を芽生えさせるのかもしれない。

存在もあやふやな、運命などという胡散臭《うさんくさ》いものよりも。自らの出自という、自分の記憶の片隅《かたすみ》にもない事実よりも。目の前にいる誰かが、おまえが王となるべきだと告げる言葉の方が、何倍も強い。

柔《やわ》らかく、シャルは微笑《ほほえ》んだ。

「おまえの王冠を受け継《つ》ぎ、妖精王となろう。ミスリル・リッド・ポッド」

「おう！」

ミスリルは見えないなにかを手渡《てわた》すように、シャルの掌《てのひら》を小さな手でぺしりと叩《たた》く。

朝日はみるみる昇《のぼ》り、ベッドの中で片膝《かたひざ》を立てて座るシャルの髪や羽や、横顔の輪郭《りんかく》に、明るい光の粒《つぶ》が輝《かがや》く。その隣《となり》にぺたりと座りこみ、アンは二人の妖精を見つめていた。

湖水の水滴《すいてき》の妖精もベッドの上で、青い瞳でにこっと笑い鷹揚《おうよう》に頷《うなず》く。

しわくちゃになった毛布とシーツの真ん中で、その光景は柔らかく明るく、なぜか厳《おごそ》かで神々《こうごう》しかった。

――へんてこな戴冠式《たいかんしき》。

王冠は、王様のお腹《なか》の中におさまってしまい形さえない。だが確実に引き継がれる。

アンの心は痛むが、これは妖精にとって必要なことなのだ。それがこうしておさまるべきところにおさまることに、ある種の安心も感じる。

――シャルには、シャルの仕事がある。わたしに、わたしの仕事があるように。

それは痛みを伴《ともな》っているが、体の芯《しん》を支える強い力にもなる。

「よっし！　これで俺様は、誰はばかることなく職人として存分に働けるぞ！　来い、アン。これから俺様たち職人の出番だ！」

ぴょんとベッドから飛び降りたミスリルの後ろ姿が頼《たの》もしくて、自然と笑顔《えがお》になれた。

「うん。行こう」

アンには、アンの仕事がある。持てる力、知識、勘《かん》。それらをすべて使い、立ち向かうのだ。妖精王よりも大切な仕事だと、ミスリルは砂糖菓子職人を選んだのだから。

四章　消えていたもの

マーカス・ラドクリフは、職人たちが作業場に集まるやいなや、キレーンとステラ、ノアを引き連れて出て行った。ウェストルの街外れにある砂糖林檎《りんご》の林に向かい、そこで砂糖林檎の状態を調査するらしい。

銀砂糖子爵《ししゃく》の作業場に残ったのは、アンとミスリル、エリオットとキャットだけだった。

ヒューは雑務が残っているらしく、サリムが「先にはじめろ。自由にしろ」と短い伝言を伝えてきた。

キャットは早朝、自ら収穫《しゅうかく》してきたらしい砂糖林檎を納屋から作業場に運んできた。

木箱に詰《つ》め込まれた、収穫したての砂糖林檎の甘い香《かお》りが、作業場の中いっぱいに広がる。塔《とう》の外壁《がいへき》に開けられた窓から日の光が石床に落ち、周囲が明るいので一層その場が華《はな》やぐ。

「いい匂《にお》い。今年の砂糖林檎は、とってもできがよく思えるのに」

アンの言葉に、エリオットも頷く。

「だよねぇ～。今年最初の収穫で、俺も、今年は当たり年だと思ったくらいだし」

「けど、いつもの方法じゃ銀砂糖にならねぇのは確かだしな。手を変え品を変え、これにも手を出すつもりだが」

赤いつやつやの木の実を一つ手に取り、キャットは軽く投げあげた。

「とりあえず昨夜、水の種類を変えて、いくつか砂糖林檎を浸《ひた》しておいたものもある」

林檎を手にしたまま、キャットは作業場の端《はし》に移動した。そこに分厚い革布《かわぬの》をかけられたものが壁沿《かべぞ》いに置いてあった。彼はその革布をはぐった。するとそこには、膝《ひざ》ほどの背丈《せたけ》の小樽《こだる》が十以上並んでいた。すべてに水が張られ、砂糖林檎が浸されている。

エリオットは感心したように、軽く口笛を吹《ふ》く。

「やることた早いね、キャット」

「昨夜一人でやったんですか⁉」

ぐっすりとアンが寝込《ねこ》んでいた間に、キャットがそんな作業をしていたことが申し訳ない。

「ペイジ工房《こうぼう》とラドクリフ工房の連中は長旅の後だが、俺とノアはずっと城にいたからそこまで疲《つか》れちゃいねぇ。マーキュリー工房の本拠地《ほんきょち》はウェストルだからな、キレーンの奴《やつ》も元気なもんだ。ノアとキレーンに手伝ってもらった」

言いながらキャットは、右端の樽《たる》を指さす。

「これが、従来のものだ。水に入れる最初の銀砂糖の比率も、なにも変えちゃいねぇ」

それからまた、隣《となり》の樽を指さす。

「ここから、徐々《じょじょ》に最初の銀砂糖の量を多くした。樽ごとに十パーセントずつ、濃度《のうど》をあげた。

あと一つには、銀砂糖の他《ほか》に、砂糖林檎の葉と枝なんかも入れてみた。その隣は、栗《くり》なんかのあく抜《ぬ》きに使う酒を入れてみた。効果があるかは定《さだ》かじゃねぇがな。とりあえず、これらを使ってみてくれエリオット」

「了解《りょうかい》。じゃ、俺はその濃度ごとに、通常の煮詰《につ》めかたをするものと、火加減を弱めて煮詰める速度を落とすもの。あと、逆に火を強めて速めるものに分ける」

エリオットがこともなげに答えたので、アンは目を丸くした。

「それじゃ、三十個以上の鍋《なべ》が必要ですよ！　竈《かま》も最低でも十はないと！」

「大丈夫《だいじょうぶ》。そう思ってね、昨夜キレーンに相談したら、マーキュリー工房から今日、鍋をごっそり持ってきてくれるように手配してくれた。小鍋で充分《じゅうぶん》だからね、なんとか見繕《みつくろ》えるらしい。竈は、昨夜食事を運んできた妖精ちゃんに相談したら、城の台所を使わせてくれるって言ってたから。パーティーなんかをするから、台所にはかなりの数の竈が準備されているらしいよ。なんとかなる」

キャットとエリオットの周到《しゅうとう》さに、アンも、肩《かた》に乗るミスリルも口を開きっぱなしだった。

──そっか。これが、経験の差なんだ……。

知らされた事実に衝撃《しょうげき》を受け、疲労《ひろう》し、アンは我知らず思考が停止していたのだろう。すべては明日からというヒューの言葉に従い、眠《ねむ》ることしか頭になかった。だが経験豊かな職人たちは、様々な体験をしているがゆえの打たれ強さで、思考を巡らしていたのだ。

明日から円滑《えんかつ》に無駄《むだ》なく作業を始めるためには、なにをすればいいのか。それを考え、できる限りの段取りをした。

アンも、ぼやぼやしていられなかった。

作業場の隅《すみ》に並べられている大樽は、銀砂糖を入れるための樽だ。それに近づき蓋《ふた》を開けると、中には銀砂糖が詰まっていた。

「これは今年精製した、苦みの抜けていない銀砂糖ですよね」

「ああ。あのボケなす野郎《やろう》の命令で、二、三日前にマーキュリー工房から運びこんだ」

「じゃあ、これを使わせてもらいます。これの質を、変化させられるかどうか。やってみます」

掌にすくい取った銀砂糖の手触《てざわ》りは、さらさらと心地《ここち》よい。色味も青みがかった純白で、申し分ないできに思える。しかしこれは、粗悪品なのだ。

肩に乗ったミスリルに、ちらっと視線を向ける。

「どう思う？　ミスリル・リッド・ポッド」

色の妖精《ようせい》になる才能があると、キースが断言したミスリルだ。彼の感覚に頼《たよ》るべきだ。ミスリルはぴょんと樽の縁《ふち》に飛び降りると、銀砂糖の中に手を突《つ》っこむ。突っこんだ掌辺りがほわんと金に輝き、掌に触《ふ》れる部分の銀砂糖がゆっくりと肌《はだ》に染《し》みこむように消えていく。

「ノアが言うように、甘さがないな。しかもじりじりするってのは、本当だ」

　それからむっと眉《まゆ》をひそめる。

「なんていうか。銀砂糖が、むずがってる。変わりたくても変われないから、むずがってるみたいだ」

　色の妖精見習いの口から出る言葉を、アンは間違《まちが》いなく記憶《きおく》に刻もうと努力した。妖精の言葉は、微妙《びみょう》な真実を伝える可能性がある。それを聞き逃《のが》してはならない。今はその意味が理解できなくとも、なにかのきっかけで明らかになるかもしれない。

「とりあえず、キースと一緒《いっしょ》に試《ため》した方法で、今年の銀砂糖の質が変化するかやってみる」

　石の器《うつわ》を手にすると、それにいっぱい銀砂糖をくみあげた。

　キャットは、またぞろたくさんの小樽を引っ張り出してきて、そこに様々な条件の水を入れた。そして今朝収穫した砂糖林檎を、それらの水に放《ほう》りこむ。

　エリオットは、彼持ち前の社交性で仲良くなったらしい城の妖精の女の子たちを、広間に呼び出していた。彼女たちに、竈に火を入れる作業を手伝ってもらい、自分は、キャットが昨夜準備した小樽を、台所へ運びはじめていた。

　――なんとかなる。

　それを信じて、アンも、他の職人たちも挑《いど》んでいた。

アンたちが作業に入るのを見計らい、シャルは自分の部屋を出た。

ヒューの部屋へ行くつもりだった。彼の部屋の場所は知らなかったが、城の構造というのは、新しくとも古くとも基本的にあまり変化がない。かつてセントハイド城で十五年も過ごしたシャルには、城主の部屋がどのあたりにあるのか、だいたい見当がつく。

階段を上がり、廊下《ろうか》を抜ける。すると廊下の最奥《さいおう》に、樫《かし》の木で作られた扉《とびら》があった。扉の表面には、繊細《せんさい》な砂糖林檎の木が浮《う》き彫《ぼ》りされている。そして扉の前には、まるでそこに焼きつけられた影《かげ》のように、立ち番しているサリムの姿があった。

サリムはシャルの姿を認めると、わずかだが眉をひそめる。

「止まれ。子爵は仕事の最中だ。邪魔《じゃま》をするなと言われてる」

「俺が個人的に、コレット公爵《こうしゃく》の訪問を受けたと伝えろ。今の仕事とやらが終われば、銀砂糖子爵は作業場に入り浸《びた》りだ。今しか、奴とまともに話ができる機会はない」

コレット公爵の名に、サリムの目に暗い光が宿る。

「なぜおまえが公爵の訪問を受ける。しかもこの城でか？　公爵が勝手に、おまえに会った？」

「銀砂糖子爵の城に、我が物顔で出入りする公爵の話は、子爵の耳に入れておかなくていいのか、サリム？」

「……わかった。すこし、待て」

言い置くと、サリムは扉をわずかに開いて中に滑《すべ》り込んだ。そしていくらも経《た》たないうちに出てくると、シャルを促《うなが》すように大きく扉を開く。

「子爵は、会われるそうだ」

シャルが中に踏《ふ》みこむと、部屋の奥、鉄の枠《わく》に様々な色ガラスビーズをあしらった衝立《ついたて》の向こう側からヒューの声が命じた。

「サリム。外にいろ」

「しかし」

「心配ない。外にいろ」

厳しく命じる口調に、サリムは頭をさげて扉を閉めた。シャルは衝立を廻《まわ》りこんだ。

バルコニーへ繋《つな》がる掃《は》き出し窓《まど》からすこし距離《きょり》をあけて、ベッドがあった。ヒューはベッドの真ん中にあぐらをかいて、座りこんでいた。シーツの上には書類が散らばり、様々な本が積み上げられている。膝《ひざ》の上に広げた書類を真剣《しんけん》に覗《のぞ》きこんでいる。

「昨夜は限界で、ベッドに倒《たお》れこんだのじゃなかったか？」

どう見ても、充分な休息を取れる状態の寝室《しんしつ》ではない。ヒューは顔をあげる。

「心配して様子を見に来たか？　親切だな。職人連中は、俺の体調なんか気遣《きづか》っちゃくれないぜ」

そう言う顔色は悪かったが、前日までの追い詰《つ》められた雰囲気《ふんいき》はない。職人連中が動き出したことで、彼自身も、すこしばかり気持ちに余裕《よゆう》ができたのだろう。

「あいつらが見舞《みま》いに来たら、こんなところに顔を出す暇《ひま》があるなら作業しろと、怒鳴《どな》るだけだろう」

「それが楽しいんじゃないか」

にやっと、ヒューは不敵に笑う。

彼は、職人連中が仕事を放り出して来るようなことをすれば、それがたとえ自分の葬式《そうしき》だったとしても、棺《ひつぎ》の中から叱責《しっせき》しそうだ。

「なんの書類だ」

「今まであがってきた報告書を見直していた。だが、めぼしい収穫《しゅうかく》はない。ところで、コレット公爵がおまえさんを訪問したというのは？　いつだ」

「昨日。おまえが、職人たちを連れて作業場に向かった直後だ。執務《しつむ》室に入ってきた」

「やれやれ、勝手にシルバーウェストル城を歩き回っているわけか。我が物顔だな、まったく。だが後見人に文句は言えんな。まあ、明日にはまた公務のためにルイストンへ戻《もど》ると仰《おっしゃ》っていたから、うろつかれるのも今日までの我慢《がまん》だ」

書類を膝から払《はら》い落とすと、ヒューはベッドから降りて窓へ向かった。窓を開け風を入れると、湖水の表面を渡《わた》る風がさっと吹《ふ》き込み、ベッドの上から紙束を吹き飛ばす。それを気にとめる様子もなく、ヒューは着替《きが》えをはじめた。

「あの男は、俺のことをよく知っていたぞ」

「あの方は、ダウニング伯爵《はくしゃく》からウェストル州公と銀砂糖子爵《ししゃく》の後見人、双方《そうほう》の仕事を引き継《つ》いだからな。ダウニング伯爵が御存《ごぞん》じだったことは、すべてコレット公爵が知っているものと思って間違いない。だがなぜ、おまえさんに会った？」

シャツを着替え、手首のカフスを留めながらヒューは眉をひそめた。

「俺を呼んだのは銀砂糖子爵、おまえじゃないはずだ。国王からの命令で、俺を呼べと指示された。でなければ、砂糖菓子《がし》に無関係な俺を、おまえがわざわざ呼ぶとは思えん」

「ああ、そうだ」

「国王はなぜ俺を呼んだ」

「わからんな。ただ謁見《えっけん》の時の、陛下のお言葉や態度から、おまえさんに対して感謝を感じた。それと同時に、誓約《せいやく》の継続《けいぞく》を促しているようにも思えた。陛下には、それ以上の他意はないはずだ。だが、そのためだけに呼び出すのは俺も合点《がてん》がいかなかったが……。コレット公爵が、おまえさんに会いたいと陛下に申し出たのだとしたら、陛下はその意をくんで、わざわざ呼び出したのかもしれない。それなら納得《なっとく》できる。だが問題は、コレット公爵が、なぜおまえさんにそこまで会いたがったのかだ。理由を直接聞いたか？」

「俺に、釘《くぎ》を刺《さ》すのが目的だ」

「釘？」

「国王が妖精に寛容《かんよう》であろうとも、宰相《さいしょう》はそんなつもりはないとな」

腕組《うでぐ》みし、シャルは壁《かべ》にもたれかかる。

「コレット公爵とは、どういった人物だ」

「切れ者。冷静。冷徹《れいてつ》。そんなところだな」

「あの男が銀砂糖子爵の後見人になることで、なにか問題は起きているか？」

「起きていない。だがダウニング伯爵と違《ちが》って、真意が見えにくい。伯爵は根が武人だから駆《か》け引きを好まないが、コレット公爵は政治家だからな」

ヒューは窓の外へ目を向ける。昨日の喧噪《けんそう》とは打って変わって、シルバーウェストル城はひっそりとして、湖水とそれを取り巻く森に守られている。

「公爵は、おまえさんには鬼門《きもん》かもしれんぞ。ダウニング伯爵は王国を守ることが第一で、それと同じくらい陛下の存在を大切にした。コレット公爵も、王国を守ることを第一に考えるのは伯爵と同じだ。だが陛下に対しては、それほど尊崇《そんすう》の念を抱《いだ》いているわけじゃない。陛下の判断に誤りありと思えば、独断で事を起こすくらいは平気でする。そして後から綺麗《きれい》につじつまを合わせて、陛下の前に広げてみせるだろう。そしてそれをうまくやりとげる才覚もある」

普段着《ふだんぎ》の茶の上衣《うわぎ》を身につけ終わると、ヒューはちらりと心配げな目を向けた。

「シャル。俺はホリーリーフ城ではじめた銀砂糖妖精《ようせい》の育成を、なんとしても軌道《きどう》に乗せて、奴《やつ》らを職人として世に出したい。今回の一件。ノアが銀砂糖の異変に真っ先に気がついたことで、さらに確信した。妖精たちの可能性は、俺が思っている以上だ。そのためには、妖精が王国のなかで人間と均衡《きんこう》をとって生きることが必要だ。うまくやってくれよ」

「そのつもりだがな。問題は、砂糖菓子がこの先もあり続けるのか、否《いな》かだ」

ヒューの目に、影がよぎる。

「そのとおりだ。まずは銀砂糖だ」

「銀砂糖が精製できない理由は？　おまえにも見当がつかないのか？」

「精製の方法に問題はない。今年の砂糖林檎《りんご》そのものに、問題がある可能性が大きい。でなければ、今年に限って問題が発生するわけがない」

銀砂糖子爵にも、原因の見当さえつかないとなれば、職人たちはひとかたならぬ努力を強《し》いられるだろう。しかも、その原因を突《つ》き止められる保証はない。

「とりあえず、おまえはおまえの役目を果たせ。俺は、俺の役目を果たす」

「そのつもりだ。お互《たが》い、ぬかりなくな」

ヒューの警告とも励《はげ》ましともつかない言葉を背に聞きながら、シャルはヒューの部屋を後にした。

ヒューとの会話が頭の中に反芻《はんすう》されると、焦《あせ》りに似たものが、胸の中をじりじりさせる。

──砂糖菓子がなくなれば、妖精たちに残された、唯一《ゆいいつ》の希望が消える。

人間と対等でいられる武器もなく、希望も消えてしまえば、妖精たちを待ち受ける未来は、永劫《えいごう》に変化のない暗いものになるはず。

──アン。

彼女を含《ふく》めた職人たちに、妖精の未来も託《たく》されている。ホリーリーフ城の妖精たちも、おそらく己《おのれ》の未来のために必死に、銀砂糖の異変の理由を探しているはずだ。

──頼《たの》む。

神に祈《いの》るように、シャルは小柄《こがら》な少女にすがりつきたい思いがした。彼女ならば、なにかを見つけてくれるはずだ。そんな期待をしている自分がいた。

初日に、ノアとキレーン、ステラを連れて砂糖林檎の林に向かったマーカスは、その後三日間シルバーウェストル城に帰ってこなかった。彼らはその場で、砂糖林檎の幹の様子、葉の様子、実の様子を確認《かくにん》しているはずだ。そしてさらには、砂糖林檎の実を切ったり、薬につけたり、水にさらしたり、様々な方法で例年と違う「なにか」を見つけようとしているだろう。

アンとミスリルは、ほとんど部屋に帰らなかった。黙々《もくもく》と、様々なことを試《ため》し続けた。

作業場にある竈《かま》には常に火が入れられている。その上には湯がぐらぐらと沸《わ》く鍋《なべ》が置かれ、蒸気が立ちのぼっている。塔《とう》のてっぺんまで吹《ふ》き抜《ぬ》けているので、湿気《しっけ》が作業場にこもることはなかった。だが竈のそばは、かなりの暑さだ。

アンは最初に、以前キースとともにやった方法を試した。銀砂糖を蒸気で湿《しめ》らせ、乾燥《かんそう》させ、固め、再び粉に碾《ひ》く。

しかし、銀砂糖から苦みは抜けなかった。

だからすぐに、別の方法を考え試した。銀砂糖を水にさらしなおしたり、もう一度、煮詰《につ》めてみたりしていた。

キャットも、様々な水に砂糖林檎を浸《ひた》し、また浸す時間を変えたりしていた。

ヒューは他《ほか》の職人たちのように、作業場に入り浸《びた》ることは不可能らしかった。日に何度もやってくる使者の報告を聞き、あるいは送られてくる報告書に目を通し、情報を集めているらしい。それでもその合間をぬって、乾燥の方法に工夫《くふう》を凝《こ》らしていた。

エリオットは、ほとんど台所にいた。火の前で汗《あせ》だくになりながら、煮詰める時間、かき回す回数、火加減。様々に試していた。

それぞれの動きはばらばらだったが、お互いの様子は、それとなく視界に入っていた。

しかし。

——なんだろう。ぜんぜん、報《むく》われる気がしない。

職人たちの表情には、日が経《た》つごとに焦りの色が濃《こ》くなる。今自分たちがやっている作業が、正しい方向に向かっているという手応《てごた》えがないのだ。

焦るな、とキャットとエリオットが、己に言い聞かせる声が聞こえる気がする。条件を変えて精製を進めれば、うまくいく可能性があるかもしれないと信じ、黙々と、膨大《ぼうだい》な条件だしをしている。

全員が袋小路《ふくろこうじ》に迷いこんだように、まだ一歩も進めない。

——袋小路の真《ま》っ暗闇《くらやみ》で、目の前に石の壁があるのに、その壁に向かって一生懸命《いっしょうけんめい》爪《つめ》を立てているみたい。

そんなもどかしい感覚が強くなる。

休みなく作業を続けていると、真夜中近くには目眩《めまい》がしたり、意識が遠のきそうになったりする。そんなときは、めいめいが勝手に部屋に帰って休む。アンもミスリルとともに部屋に帰る。ミスリルは辛抱強《しんぼうづよ》くアンと一緒《いっしょ》に作業していたが、小さな彼の体力が心配だった。アン以上に疲《つか》れているはずだ。

部屋に帰っても、二人はぱたりと気を失うようにして眠《ねむ》ってしまう。シャルと話をするどころではない。おやすみを言うのが、せいぜいだった。深く深く、気を失うようにして眠る。

いくら寝《ね》ても寝たりないはずなのに、うっすら空が明るくなると、追われる者のような敏感《びんかん》さで目が覚める。そして作業場へ戻《もど》る。

シャルはそんなアンに、なにも言わなかった。ただそっと、眠る彼女を抱《だ》きしめてくれる。最初の時こそ、抱きしめられた状態で目が覚めるのがどうしようもなく恥《は》ずかしかった。けれど一晩、二晩と過ぎるうちに、彼の腕《うで》の中で目覚めるとほっとするようになった。ぼんやりと目覚めると、体を起こすまでのすこしの間に、シャルに気づかれないようにそっと彼の胸にすり寄ったりした。

アンがそうやって一瞬《いっしゅん》の幸福感を胸一杯《むねいっぱい》に吸い込んでから起き上がると、シャルは無言で送り出してくれるのだ。

無言のシャルの瞳《ひとみ》にアンは、彼もまた焦りを抱《かか》えているのを感じていた。

――砂糖菓子《がし》がなくなるのは、ルルやシャルが望んだ、妖精の未来が消えることだ。

それを思うと、休んでなどいられなかった。

さらに三日、四日、五日と経つうちに、職人たちの表情に焦りの色がさらに濃くなってきた。

アンは、なにも見つけられないままだった。

六日目の昼頃《ひるごろ》だった。

キャットが初日から二日目にかけて水に浸しておいた砂糖林檎が、エリオットの手により煮詰められ、さらにそれをヒューが乾燥させ、碾くところまできていた。

先刻、ヒューのもとにどこかから使者が来たらしく、彼はあとの作業を職人たちに任せて出て行った。作業場にいるのは、アンとキャット、エリオットのみだった。

様々に条件を変え精製した銀砂糖を、三人で小さな器《うつわ》に移し替《か》えて並べた。その数は、百以上。作業場の床《ゆか》には、小さな石の器が整然と、隊列を組むように並んでいる。

アンとミスリル、キャット、エリオットは、その百以上の銀砂糖を一つ一つ味見した。しかしミスリルはずっと苦い顔をしているし、キャットもエリオットも同様だ。

──駄目《だめ》。苦い。

アンも一つ一つ味をみながら、焦りと絶望感が強くなってくる。

──これも駄目。

──これも、駄目。

──駄目。

先に味見を終えたキャットが、呻《うめ》いた。

「どれもこれも、よくねぇ」

アンは次の器に手を伸《の》ばそうとしていたが、その言葉に手が止まる。ミスリルも、もうこれ以上は嫌《いや》だと言いたげにふらふらっと器のそばを離《はな》れ、竈の縁《ふち》によじ登りちょこんと座る。

エリオットはまだ味見をはじめたばかりだったが、キャットの言葉にすぐに手を止めた。そして近くにあった石壁《いしかべ》のそばに近寄ると、そこに背をつけて座りこんだ。

腕まくりしたシャツが、エリオットの肩《かた》や首に汗で張りついていた。今もまだ、台所では条件を変えた銀砂糖を煮詰めている最中で、そこから作業場に戻ってきたのだ。数日間熱に当てられた彼は、げっそりやつれていた。

「俺が味見する必要もないだろう。キャットが、それだけはっきり言うなら」

言いながら、エリオットは深い息をつく。けれどアンは諦《あきら》めきれず、再び味を見はじめた。

全部に手をつける。

――これも、駄目。

――駄目。

――駄目。

――駄目……。

最後の一つも確認して、アンはキャットのとなりに膝《ひざ》をつく。

「キャット。本当に、一つも……」

並べられた器のそばに片膝《かたひざ》をつき、キャットはそれらをざっと眺《なが》める。

「どの条件で精製したものも、ほとんど変化がねぇ。……どういうこった!?」

苛立《いらだ》ちが爆発《ばくはつ》したように、キャットは一番手前にあった石の器を手で払《はら》った。器が飛び、銀砂糖が石床に散らばる。

「こんなものは銀砂糖じゃねぇ！」

「キャット」

エリオットの沈黙《ちんもく》と、キャットの怒気《どき》に、アンはうろたえた。けれど彼らの苛立ちの原因は、よくわかる。ひどく時間をくっていることに加え、自分の仕事が形にならない焦《あせ》り。それらももちろんある。

だがそれ以上に職人たちを苛立たせるのは、自分たちがやっている事に、なんら確証を持てないからだ。

職人の勘《かん》が、「自分たちがやっている事は、なにかが違《ちが》う」と、常に囁《ささや》いているからだ。

「てめぇのほうはどうなんだ、チンチクリン」

キャットがじろりとアンを睨《にら》む。アンは力なく、首を横に振《ふ》った。

「三度、別の方法を試しましたが。変わりません」

「そっちもか」

拳《こぶし》を握《にぎ》りしめ、キャットは沈黙した。握った拳が震《ふる》えていた。細く形のよい器用そうな指が、掌《てのひら》に食い込んでいる。

作業場の床を埋《う》めるように並んだ小さな石の器の上に、窓からこぼれる秋の日の光が落ちる。

純白の銀砂糖の表面がきらきらと輝《かがや》く。だがこれらはすべて、銀砂糖とは似て非なるもの。

その時、作業場の扉《とびら》が開く音がした。

地下である作業場から、出入り口へ続く階段を見あげると、開いた扉から明るい光が射《さ》していた。そしてその光に押し出されるように、ゆっくりと階段を下りてきたのはマーカス・ラドクリフ。続いて、ノア、キレーン、ステラだった。

彼らの服装は一様に薄汚《うすよご》れており、また顔色もよくない。疲労《ひろう》の色が濃く、ステラなどよろけるように歩いている。

「これは……なんだ?」

マーカスが、床に並ぶ銀砂糖の器に目を見張る。

「条件出しだ」

呟《つぶや》くように答え、キャットが立ちあがった。

「成功したのか!?」

「全部駄目だ」

「これだけ条件を変えてもか?」

責めるようなマーカスの口調に、キャットはむっとしたように細い眉《まゆ》をつりあげる。

「ああ、駄目なんだよ。あんたこそ、ずいぶんごゆっくりだったじゃねぇか」

「我々も、遊んでいたわけではない」

いかめしく答えると、マーカスは背後のキレーンに目配せした。彼は懐《ふところ》から、何枚もの羊皮紙を取り出した。端《はし》がよれたり、汚《よご》れたりしてくしゃくしゃになっているが、それは二十枚以上の束だった。

「試《ため》しましたよ、僕たちも。色々」

「で？　なにかわかったの？　今年の砂糖林檎《りんご》が、例年とどこが違うかさ？」

ずっとうつむいていたエリオットが、やっと顔《かお》をあげて訊《き》いた。

「幹の色。葉の発色と形状。異常なし。実の色や香りも異常なし」

キレーンは羊皮紙の束をめくりながら、淡々《たんたん》と読み上げはじめた。

「実の成分変化も考慮《こうりょ》して、試薬で試したが。通常の砂糖林檎と違う反応が出たものはない。土の成分も、分析《ぶんせき》した。硬土《こうど》、軟土《なんど》。どちらに成分が傾《かたむ》いても、発育が悪くなるだろうからね。試薬で調査したけれど、土地も正常。中性土」

「で、なにが言いてぇ。キレーン」

苛々《いらいら》と訊いたキャットに、キレーンはため息混じりに答えた。

「異常は見つけられない。異常は、ないのだよ」

「……そんなこと、あり得るの？」

思わず、アンは呟いた。

「現実に、今年の砂糖林檎は銀砂糖にならないのに」

「でも実際、異常はないっていう結果なんだからね。受け入れるしかないよね」

ステラが投げやりに言い、石段に腰掛《こしか》けた。ノアも、申し訳なさそうにうつむく。

「見つけられなかったんです。僕も、今年の砂糖林檎のなにが違うのか、わからなくて」

ノアの答えに、ミスリルがうむっと唸《うな》る。

「ノアが見つけられないなら、本当に、見つからないんだなぁ。じゃ、どうすりゃいいんだ？　俺様たち」

沈黙が、作業場の中に満ちる。職人たちは疲労と希望のなさに、誰《だれ》も動けず、声を発することもできなかった。竈《かま》の火だけがさかんに燃え、鍋《なべ》の湯だけが勢いよく蒸気を立ちのぼらせている。

「おい、えらく陰気《いんき》だな」

絶望の沈黙を破るように、笑いを含《ふく》んだ声が降ってきた。

のろのろと職人たちが顔をあげると、階段を下りながら、笑いをこらえるような銀砂糖子爵《ししゃく》の顔が見えた。彼は普段着《ふだんぎ》の茶の上衣《うわぎ》を身につけているので、子爵というよりは、工房《こうぼう》の長《おさ》のような雰囲気《ふんいき》が強かった。いつもの余裕《よゆう》ある態度で床に立つと、悄然《しょうぜん》とする職人たちを順繰《じゅんぐ》りに眺めた。

「俺が作業場を離れているあいだに、なにをしてる？　せっかくラドクリフ殿《どの》も帰還《きかん》したのに。暗い顔して、誰かの葬式《そうしき》でもはじめるつもりか」

「てめぇの葬式じゃねぇことは確かだな。てめぇの葬式なら、俺は歌を歌って乾杯《かんぱい》してやる」

「そりゃ楽しくて結構だ。俺の葬式には、ぜひ頼《たの》むぜ。しかし俺の葬式じゃないとなると、なんだ？　砂糖菓子《がし》の葬式か？」

その言葉に、その場にいた全員がぎょっとした。

「もうあきらめて、砂糖菓子を墓場に送り込むか？」

そう訊いたヒューは笑っていたが、目には怒《いか》りがある。信用してすべてを託《たく》している職人たちが、絶望的な気持ちでうつむいたことが許せないのだろう。

「考えろ」

その言葉は、厳命だった。

――そうか。考えなきゃ。

止まりそうになる自分の頭に、単純な命令が届く。

希望の光一筋も見つからない疲労の中で、ぐだぐだに煮溶《にと》けてしまった気持ちの中に出現したヒューの存在が、しんと冷えた柱のように感じる。熱くなり煮溶けてしまったものが、その冷静な柱の周囲から再び冷え、固まる。そして思考という形になる。

ヒューは、キャットとエリオットを睨みつけた。

「考え直すんだ。全員で、この六日間おまえたちのやったことと、結果を。ここにいる全員、自分のやったことと結果を全員に報告しろ。それをもとに、考えろ」

キャットが、ふんと鼻を鳴らしたので、エリオットがのろのろと手をあげた。そして、

「じゃ、俺が報告しますよ」

大儀《たいぎ》そうに立ちあがる。エリオットの思考もまた、ゆっくりとだが動き始めたらしい。

「まずキャットが、砂糖林檎を水に浸《ひた》す作業をしました。浸す水の銀砂糖の濃度《のうど》を、細かく分けて十段階の濃度で。あとは、浸す水に砂糖林檎の枝を入れたり、料理で使うあく抜《ぬ》きの酒を入れたり、全部で十五条件。それを俺が、それぞれ三段階の条件で煮詰めた。全部で四十五種類。さらにそれを乾燥《かんそう》させる方法を、銀砂糖子爵が三つの方法に分けた。結果、百三十五の条件で、銀砂糖を精製した。けれど全部、苦みが抜けない」

次にヒューは、アンに目配せした。アンは、自分の作業を思い返しながら、口を開く。

「去年、質の悪かった銀砂糖の質を上げることができた方法があるんです。それを試しました。でも、駄目《だめ》でした。だから今度は、できあがった銀砂糖を水にさらして、再度煮詰め乾燥させる作業をしました。それでも、駄目でした。今、また別の方法に取りかかっていますが、それはまだ途中《とちゅう》なので、なんとも言えません」

「次」

ヒューは、マーカスに顔を向ける。彼はきっぱりと言い切った。

「砂糖林檎の木、葉、それが生える土地。実そのもの。例年との違いは見つけられない」

聞けば聞くほど、絶望的に思える。

──誰も、なにも、わかっていない。

ヒューは頷《うなず》き、ズボンのポケットに丸めて差していた紙の束を手に取った。

「作業場を空けたのは、これを受け取るためだ。今日、俺のもとに、主要な工房からの報告が一気にあがってきた。マーキュリー工房、ペイジ工房、ラドクリフ工房。ホリーリーフ城からも来ている。どこの職人も、精製に成功していない」

やはりという空気が流れる。

「中でも、ホリーリーフ城の妖精《ようせい》たちは、かなり熱心に条件出しをしている。砂糖林檎の実そのものの調査もおこなったらしい。パウエルの指示だろうな」

柔《やわ》らかな微笑《ほほえ》みの、貴公子然とした青年の顔を思い出す。丁寧《ていねい》で頭のいい彼らしく、様々なところに目を配り、妖精たちとともに砂糖林檎の調査に向かっているのが目に見えるようだった。

「で、結局。ホリーリーフ城の妖精たちも口を揃《そろ》えて言ったそうだ。砂糖林檎の異常は、見つけられない」

──王国全土の職人が誰一人、妖精ですら見つけられない、砂糖林檎の異常。

そう思った時、アンはふと違和感《いわかん》を感じた。

──なんだろう？　なんだか、妙《みょう》な気がする。

そう思って職人たちの顔を見る。するとキャットが、長い指でしきりに顎《あご》をなで始めていた。

眉根を寄せ、じっと石の床を睨んでいる。エリオットも赤毛の前髪をくしゃりと摑み、宙の一点を見ている。

ステラはしきりに指輪をいじり、難しい顔をしている。キレーンは、羊皮紙の束をやたら撫《な》でている。

ノアとミスリルは、きょとんとして、なんとなく顔を見合わせている。

職人たちは、なにか感じている。

「お手あげということかね」

唸るような、低いマーカスの声。

「いや、考えろと言ってる。この結果が、なにを意味するか」

ヒューは職人たちを見回した。

「俺はこの結果に違和感を感じる。おまえたちは感じないか？」

確かに、ここにいる誰もがなにかしら違和感を感じている。

――違和感を感じる。でも、なんで？　考えて、考えて。

自分を叱責《しっせき》するが、頭の中はごちゃごちゃで、すっきりとした考えがまとまる余裕はない。

もともとアンは、それほど頭が切れる方ではない。ここには元教父学校の学生だったキレーンもいるし、国教会独立学校の卒業生のステラも、その気になれば頭を使えるキャットもいる。

アンのない知恵《ちえ》を絞《しぼ》るよりも、もっといい答えが出るはずだ。

――残念だなぁ、わたしって……。

ふいに、ふっと力が抜ける。この状況《じょうきょう》があまりにも切迫《せっぱく》していて、逆に、いっそ笑いたくなってくる。アンの口元に浮《う》かんだ微苦笑《びくしょう》に気がついたのか、ミスリルがアンの顔を覗《のぞ》きこむ。

「どうした？　アン。なにがおかしいんだ？」

「だって、もう。笑うしかない気がして……。これだけ銀砂糖がおかしくなっているのに、その原因がひとかけらも見あたらないのって、逆におかしくて」

思わずそう呟《つぶや》いた瞬間《しゅんかん》、ヒューを含む職人たちが全員、仰天《ぎょうてん》したようにアンを見やった。あまりにも一斉《いっせい》に集中した視線に、アンはおののいた。

「え……。なんでしょうか」

「それだ……それだ。チンチクリン」

キャットが、呆然《ぼうぜん》と呟いた。そして叫《さけ》んだ。

「これほどの異常があるのに、異変の原因が見つけられないということそのものが、おかしいじゃねぇか！」

「どういうことですか？」

キャットの言葉の意味が理解できなかった。だが他《ほか》の職人たちは、はっとしたようになり、そうかと呟き、あるいは呻《うめ》く。彼らが、なにに気がついたのか。ミスリルとノアだけはアンと同様にぽかんとしているので、三人で視線を交《か》わし合った。

「すみません。僕たち、あの。意味がわかりません」

おずおずと、ノアが手をあげた。するとヒューが突然《とつぜん》、笑うとも苦痛に耐《た》えるともつかない表情で口元を歪《ゆが》め、先端《せんたん》まで突《つ》き抜ける塔《とう》の内部を見あげる。

「異常がないんだ、ノア。今年の砂糖林檎《りんご》に、……異常はない」

その言葉に、アンは息を呑《の》む。

「あっ！」

勢いこんでミスリルをふり返ると、彼はたじろいだように一歩足を引く。

「な、なんだ!? アン、怖《こわ》い顔して」

「今年の、苦みの抜けない銀砂糖を食べたとき、あなた言ったわよねミスリル・リッド・ポッド。『銀砂糖が、むずがってる。変わりたくても変われないから、むずがってるみたいだ』って」

「お？　ああ。言ったかな、多分」

「今年の砂糖林檎は正常なの！　だから、適切な方法で精製されれば銀砂糖になれるから、むずがってるのよ！　焦《じ》れったいのよ。方法が適切じゃないから、銀砂糖になれない！」

「でもさ、精製方法はずっと変えてないよな？」

「毎年、変わるものがあるじゃない、ねぇ」

エリオットが、肩《かた》を落とすと再び石壁《いしかべ》に背をつけた。するとそれを引き継《つ》ぐように、

「銀砂糖を精製するときの、要《かなめ》。それに異変があれば、もはやどうしようもないものがあるだろう妖精君。ただし、検証の方法はないがね」

キレーンが言い、片眼鏡《かためがね》を外す。

──そうなの？　本当に、そうなの？

気がついた事実に、アンは、心臓の鼓動《こどう》が速くなってくるのを感じる。喉《のど》の真下に心臓がせりあがってきたような気がした。

「しかし、ここまで方々の連中が確認《かくにん》をして、この結果だ。間違《まちが》いあるまい」

マーカスが呻く。

アンは呆然と、口にした。

「最初の銀砂糖が……最初の銀砂糖としての、力をなくしている……？」

今年の砂糖林檎に問題はない。だとすると、精製方法が問題なのだ。精製方法の中で、唯一《ゆいいつ》毎年変化する要因は最初の銀砂糖だけ。

苦みを抜《ぬ》くために、砂糖林檎は一昼夜水に浸《ひた》される。その水に入れるのが、最初の銀砂糖。それは一年以内に精製された銀砂糖、一握《ひとにぎ》り。それを最初の銀砂糖とするのだ。

その最初の銀砂糖に異常がある。

去年の砂糖林檎は、まれに見る凶作《きょうさく》だった。しかし銀砂糖に精製できないというような、あからさまな異常はなかった。だからそれが、異常な銀砂糖だとは疑わなかった。

だが実際、最初の銀砂糖として用いられたときには、効果を発揮しないのだ。

「去年の銀砂糖が原因だと、証明はできん」

ヒューが、ゆっくりと呟く。

「去年の銀砂糖以外に、最初の銀砂糖として用いることができる銀砂糖が存在しないからな。比較《ひかく》ができない。だが……」

「それ以外は、考えられねぇだろう」

ヒューの言葉を遮《さえぎ》るようにキャットは言うと、手近にあった椅子《いす》を引き腰掛《こしか》け、膝《ひざ》に両肘《りょうひじ》をついてため息をつく。

去年の銀砂糖が、最初の銀砂糖としての力を失っている。それの意味を、アンはゆっくりと理解しはじめていた。職人たちが原因を突き止めた瞬間、これほど落胆《らくたん》した理由。

それは。

「最初の銀砂糖がなければ、銀砂糖は永久に精製できない……」

最初の銀砂糖は、一年以内に精製された銀砂糖に限る。去年精製された銀砂糖がすべて、最初の銀砂糖としての力を失っているとするならば、もはや銀砂糖の精製は不可能なのだ。

今年の砂糖林檎には異常がない。しかしもう誰《だれ》も、今年の砂糖林檎を銀砂糖に精製できない。

それどころか、遠久に銀砂糖の精製はできない。

試《ため》すまでもなく、考えるまでもなく。去年のうちに、砂糖菓子が消え去ることが確定していたということ。
終わっていたのだ。
なにもかも、一年前に。

五章　恋心と未来の相克《そうこく》

塔の底にこぼれ落ちる光の中にヒューは立ち尽《つ》くし、彫像《ちょうぞう》のように動かず天井《てんじょう》を見あげていた。座りこんだキャットはうつむき、こぼれる光に白っぽい灰色の髪《かみ》が光る。エリオットは赤毛の頭を抱《かか》え、壁《かべ》にもたれ、座りこんでいる。

マーカスは唇《くちびる》を引き結び足元に視線を落とし、ステラは体の中にある苦痛に耐えるように目を閉じていた。キレーンはずっと、片眼鏡を拭き続けている。ノアとミスリルは、ぽかんとしている。目の前にあった宝物を、理由もなく取りあげられたみたいな表情だった。

――砂糖菓子が、この世から消える……。

目の前が一瞬《いっしゅん》、真っ暗になる。だが。

――駄目《だめ》。

心の奥で、必死にあらがう声がある。

――希望はある。

声をあげるなにかに、暗闇《くらやみ》に落ちそうなアンの意識が必死に問いかける。

――どこにあるの、そんなもの!?

ちらりと、暗闇の中に金の細い糸が光った。その細い糸はきららかで、優《やさ》しい色で、うっとりするほど潔《いさぎよ》い人の声を思い出させる。

『だから君だけに教えよう』

耳元で囁《ささや》かれた、声。

『最初の銀砂糖は、最初の砂糖林檎の木から作られた。最初の砂糖林檎の木を探せ』

目を見開く。

「ルル……」

思わず呟いたその名に、ヒューとエリオット、ステラが反応し、アンを見る。

「彼女がどうした」

ヒューの問いも、アンの耳には入らなかった。ルルの真意を理解しようと、頭の中ではめまぐるしくルルの言葉が交錯《こうさく》する。

今、人間の手から、最初の銀砂糖がなくなった。

——けれど、最初の銀砂糖を手に入れられる可能性はある！

ルルは教えてくれた。最初の砂糖林檎の木から、最初の銀砂糖が作れると。

ルルはなぜあの時、あんな重大な秘密を打ち明けてくれたのか。それはことによると、彼女が去年の砂糖林檎《りんご》凶作《きょうさく》に際して、なにかしらの異変を感じ取っていたからかもしれない。彼女は知識か感覚によって、去年の銀砂糖は、最初の銀砂糖たり得る力を失っているかもしれないと予測したのだ。

そしてその異変があった場合、それを回避《かいひ》する方法を彼女は知っていた。すなわち、最初の砂糖林檎の木を見つけ、そこから最初の銀砂糖となる銀砂糖を精製すること。

そうすれば去年の銀砂糖が使い物にならなくとも、最初の銀砂糖を手に入れることができる。

それが砂糖菓子を存続させる、唯一の方法。

ルルはアンに、異変を回避する方法を授《さず》けてくれようとしたのだ。だから彼女は、同じ妖精《ようせい》であり妖精王たるシャルではなく、人間であっても職人であるアンに、その秘密を打ち明けた。

それは砂糖菓子職人でなければ気がつかない異変であり、また、最初の砂糖林檎から銀砂糖を精製するのは、職人にしかできないからだ。

「どうした、アン」

重ねてヒューが問いかけた声が、やっと耳に入った。

──確かめる必要がある。すぐに。

顔をあげ、アンは急《せ》き込んで告げた。

「ルルが、なにか知っているはずです。それを確かめます。今回の異変が、去年の銀砂糖が、最初の銀砂糖としての力を失っているからなのか。そしてもしそうなら……わたしは、銀砂糖を精製できる、力のある最初の銀砂糖を手に入れます」

「力をもった最初の銀砂糖を、どうやって手に入れる?」

「それは……」

言葉に詰《つ》まる。

ルルはアンにのみ、最初の砂糖林檎の木の場所を教えてくれた。妖精にとって大切な秘密であるそれを、おいそれと人間たちに知らせるわけにはいかない。たとえ銀砂糖子爵《ししやく》のヒューに対してさえも、ルルの許可なしに教えられることではない。

「それは、言えません。けれど力のある最初の銀砂糖は、なんとか手に入れることができると思います。そのために、わたしルイストンへ行かなくちゃ」

アンは、訝《いぶか》しげな表情のヒューに詰め寄った。

「なにも詳《くわ》しいことは言えない。けれどお願い、ヒュー。ルイストンへ一緒《いっしょ》に行って、ルルと対面する段取りをつけて欲しい」

「あの人が、なにかの鍵《かぎ》を握《にぎ》っていると？」

「多分……、ううん。間違《まちが》いなく、そう。ルルが教えてくれる」

「いいだろう」

しばし考えた後、ヒューは職人たちを見回した。

「アンが確実に原因を突《つ》き止め、力のある最初の銀砂糖を手に入れられるかどうか、まだ保証はない。保証がない限り、それに頼《たよ》り切ることはできん」

その言葉に職人たちは頷《うなず》く。ヒューは続けた。

「職人全員、ここにとどまって作業をしろ。原因がなんであろうが、どうにかして今年の砂糖林檎を、去年の最初の銀砂糖を使って精製できないか試《ため》し続けろ。俺はアンとともに、ルイストンへ向かう。そこで本当に、力のある最初の銀砂糖を手に入れられるものかどうか、確かめる。アン。すぐにでも出発するぞ、急げ」

「はい！」

元気に頷くと、竈《かま》の縁《ふち》にいるミスリルに向かって手招きした。

「行こう、ミスリル・リッド・ポッド！」

するとミスリルは、ふふんっと笑って腕組《うでぐ》みした。

「悪いな、アン。俺様は一緒に行ってやれないんだよな〜」

「え？」

「今、ヒューの奴《やつ》が言ったのを聞いてなかったか？『職人全員、ここにとどまって作業をしろ』って言ったろう？　俺様は、職人見習いの見習いだけど、職人だからな」

——職人？

妖精王を自ら廃業《はいぎょう》した、ちょこんと立っている小さな威張《いば》り屋が、どことなく頼《たの》もしく見えた。彼はここにいる見習いのノアや、銀砂糖師たちと同じなのだ。王様より、職人になりたいと宣言した彼の本気と覚悟《かくご》が、小さな体いっぱいに満ちている。

「うん。そっか。そうだよね」

「だろう？」

「うん。じゃあ、行ってくる！　ミスリル・リッド・ポッド」

「任せたぞ、アン」

その声に頷き返し、アンは身をひるがえして駆《か》けだした。

――ルルに会うんだ！

希望が見えてきたことに、アンの心は躍《おど》った。

――絶対に、砂糖菓子は消えたりしない！　絶対！


「シャル！」

部屋に飛びこんできたアンは目を輝《かがや》かせ、全身に喜びが満ちていた。明るい光の塊《かたまり》みたいになったアンの様子に、シャルはちょっと目を見開く。アンは窓辺にいたシャルに駆け寄ると彼の上衣《うわぎ》をしっかりと摑《つか》み、息せき切って告げた。

「わかったの！　銀砂糖が精製できない理由がわかった！　これで砂糖菓子が消えるのを、避《さ》けられる！」

「本当か？」

その報告に驚《おどろ》きつつ、アンを見つめ返す。

「うん！」

この六日間。職人たちが、なかなか原因を突き止められずにあがいていたのは知っていた。それは、夜中にふらふらと部屋に帰ってくるアンの様子からもよく分かった。彼らの焦《あせ》りの表情に、シャルもふと、原因の究明は不可能なのではないかと思うこともあった。

そんなとき、自分ではどうしようもないことに苛立《いらだ》った。妖精の未来に思いを馳《は》せ絶望的な気持ちになった瞬間《しゅんかん》もあった。

しかし。目の前で瞳《ひとみ》を輝かせるアンは、シャルの希望そのもののように明るい。

「間違いないか？」

「それを確かめるために、ルルに会わなくちゃいけないの。これからルイストンへ行く」

「ルル・リーフ・リーンに？　なぜだ」

「今年の砂糖林檎を銀砂糖に精製できない原因は、たぶん最初の銀砂糖として使ってる、去年の銀砂糖が原因なの。去年の銀砂糖が、最初の銀砂糖としての力を失ってる。けれどそれを確かめる方法はないの、比較《ひかく》するものがないから」

「最初の銀砂糖としての力を失っている？」

確かに、昨年はまれに見る砂糖林檎の凶作《きょうさく》だった。その影響《えいきょう》が、こんな形で出現したのだろうか。言われてみればなるほどと納得《なっとく》はする。が、しかし、昨年正常に銀砂糖となった砂糖林檎にこそ原因があったというのは、意外だった。職人たちが原因の究明に手間取るわけだ。まさか正常に使える銀砂糖の中に、異常が潜《ひそ》んでいたとは思わないだろう。しかも、昨年の銀砂糖と比較できるものがないのだから、確認《かくにん》できないのは当然かもしれない。

職人たちは、様々な条件から推測するしかなかった。彼らは、たくさんの試行錯誤《さくご》の中から様々な要因を排除《はいじょ》し、確認できないその一点に原因があると突き止めた。

その執念《しゅうねん》深さ、職人たちの強さを、見せつけられた気がした。

「去年の銀砂糖は、最初の銀砂糖として使えない。そうなると、一年以内に精製した銀砂糖は、もう他《ほか》にこの世にない。どうあがいても最初の銀砂糖は手に入らないなら、銀砂糖は永久に精製できないはずなの。でもルルはわたしに、最初の銀砂糖は、最初の砂糖林檎の木から作られたって教えてくれてた！　それって、このことを予期してのことだったら？　だから最初の砂糖林檎の木を探す必要があったのよ！　それをルルに確かめに行くの。それで確かめられたら、わたしは最初の砂糖林檎の木まで行く。そして最初の銀砂糖を手に入れる」

一気に喋《しゃべ》りきったアンは、期待をこめてシャルを見あげている。

「ルルに確かめたら、わたし最初の砂糖林檎の木まで行かなくちゃならない。だから、シャルも一緒に行って欲しい」

「その場所には、ラファルとエリルがいるぞ」

指摘《してき》すると、喜びだけが満ちていたアンの表情がさっと強《こわ》ばった。

「あ……。そうか……。そうよね」

しかしすぐに、強く首を振《ふ》る。

「でも、行かなきゃ駄目なの」

アンのことだ。なにが待ち受けていようが、砂糖菓子のためならば絶対に妥協《だきょう》しないとわかっていた。予期していた彼女の言葉にシャルは頼もしさと愛《いと》しさを感じ、彼女の肩《かた》に触《ふ》れようとした。しかし、

「わたし、行かなきゃ駄目なの。そうしなければ、これから先、この世で銀砂糖を精製できる者は誰《だれ》もいなくなる。妖精《ようせい》も人間も、誰一人」

そのアンの言葉を聞いた瞬間、彼女の肩に触れようとしていた指が止まった。

──誰一人？

もしアンの予測が当たっているとするならば、砂糖菓子が存続するためには、最初の砂糖林《りん》檎《ご》の木から精製される最初の銀砂糖が必要だ。それがなければ、誰一人銀砂糖を精製できない。

しかしその最初の砂糖林檎の木の場所は、シャルとアン、ミスリルしか知らない。ということは、最初の銀砂糖を手に入れる可能性があるのは、この三人ということ。

──これこそ……武器なのか!?

その発見に、愕然《がくぜん》とした。

最初の銀砂糖を、人間王は是《ぜ》が非でも欲しがるはずだ。となれば、最初の砂糖林檎の木を人

間の目から守り抜《ぬ》けば、それは妖精が人間に対して優位に立てる安全な武器になる。

――最初の銀砂糖が、妖精の武器。しかもこの武器は、俺が望む以上に強い力がある。

ハイランド国王エドモンド二世は、砂糖菓子の存続を願っている。自らの王権の存続のために、それを不可欠なものととらえている。であるならば、砂糖菓子を存続させるための「最初の銀砂糖」という存在は、国王と対等に取引できるものなのだ。その存在を握《にぎ》っていることで、国王と対等な立場に立てる。

――しかし、それはなにを意味する？　俺は、そのためになにをする必要がある？

「シャル？　どうしたの？」

アンが不思議そうにシャルの顔を覗《のぞ》きこんできた。シャルははっとし、自らの思考を気取られまいと軽く首を振った。

「……なんでもない。行くんだろう？　ミスリル・リッド・ポッドは？」

「ミスリル・リッド・ポッドは職人だから、ここに残って職人として仕事をするって」

「そうか……」

ミスリルが夢見る未来もまた、妖精が職人として人間たちとともに生きる未来だろう。妖精たちの望みは、みんな同じだ。たくさんの妖精たちが願う一つの未来は、願う数が多いほどに重い。

「とりあえず、ルルのもとへ行く必要がある。支度《したく》しろ。そして必要ならば、俺はおまえと一《いっ》緒《しょ》に、最初の砂糖林檎の木へ向かう」

「うん」

頷《うなず》くと身をひるがえし、アンはベッドの下に押しこんであった衣装《いしょう》ケースを引っ張り出し、荷造りをはじめた。

その彼女の後ろ姿を、シャルは複雑な気持ちで見つめていた。

アンは無邪気《むじゃき》に、職人たちの発見を喜んでいる。そしてラファルとエリルと対決してでも、最初の銀砂糖を手に入れると決意を固めている。

だがシャルはこのまま、アンの望みどおり、彼女に最初の銀砂糖を手渡《てわた》すためだけに戦うべきなのだろうか。

アンの望むように、最初の銀砂糖を手に入れる必要がある。

だがそれを人間王に渡《わた》す前に、シャルは、人間王と取引をする必要がある。

人間と妖精が、対等であること。それを人間王に誓約《せいやく》させる必要がある。

その誓約は、一朝一夕《いっちょういっせき》に実を結ぶものではない。しかし妖精と人間が対等であることが王と誓約されれば、妖精たちが人間の世界で居場所を見つける長い年月の助けになる。

現実は容易に変えられないとしても、それはある種の保証たりえる。それは妖精と人間が交わり、ともに生きる上で最も大切な約束のはずだ。

しかし。

もし人間王との取引が不調に終わった場合、シャルは人間王に最初の銀砂糖を渡すことを拒《きょ》否《ひ》しなくてはならない。

だが、最初の銀砂糖を求めているのはアンも国王も同じだ。砂糖菓子《がし》の存続のために、アンは最初の銀砂糖を、無条件に人間側に引き渡すべきだと考えるかもしれない。

そうなったときは、シャルはアンと、対立する事になるのだろうか。

——そんなことはできない。

アンを守り、彼女の望みを叶《かな》えるためだけにシャルは戦いたい。

だがコレット公爵《こうしゃく》の、質問という形で発せられた命令の声が、妖精の、種族としての誇《ほこ》りを傷つける。それを無視できない。妖精たちの未来を明るい方向へ導くために、すくなくともシャルは、大きな約束を人間王にさせる必要がある。

目の前にいる、細く頼《たよ》りない、しかし自分の存在すべてをかけて守りたいと思えるほどの、愛しいもの。彼女への愛しさと、種族の誇りと未来。それが拮抗《きっこう》する。

とりあえずシャルは、砂糖林檎に起きた異変の真相がアンの予測どおりなのか、ルルに確認をする必要がある。

しかし問題は、その後だ。

——俺は、どうするべきだ？

今のシャルには、判断できなかった。

最初の砂糖林檎の木がある場所を知っている唯一《ゆいいつ》の人間であるアンは、どうするのか。そのアンの言動に対して、シャルはなにを告げ、どう行動するのだろうか。

自分でもまだ、わからなかった。


銀砂糖子爵《ししやく》の馬車が用意され、ヒューとともに出発した。手綱《たづな》を握る御者《ぎょしゃ》の他に、護衛のためにサリムとシャルが馬で付き従った。通常であれば、ルイストンまでは三日かかる。しかしヒューは、三日もかけるつもりはないらしい。出発前に、『突《つ》っ走るぞ』と、アンに告げた。

その証拠《しょうこ》に、馬車の準備が調《ととの》ったのは夕暮れだったのに、翌日の日の出を待たずに出発したのだ。比較的《ひかくてき》安全な街道《かいどう》とはいえ、夜道には思わぬ危険が潜《ひそ》んでいるものだ。

しかしサリムとシャル二人の護衛を連れていれば、切り抜けられるだろう。そう考えての出発らしかった。

さらに都合がよいことに、満月が近いので月が明るい。御者も馬を操《あやつ》りやすく、馬車を脱輪《だつりん》させるような心配もないはずだ。

「体、大丈夫《だいじょうぶ》なの？　ヒュー」

馬車が走り出すと、周囲はみるみる暗くなった。ウェストルの街を抜ける頃《ころ》にはすっかり陽《ひ》

が沈み、月が顔を出した。ウェストルからルイストンへ向かう街道に入ると、スピードを上げた馬車の車輪は激しく振動《しんどう》し、座席に座るアンの腰《こし》も、時折浮《う》かぶほどだった。

疲労《ひろう》を溜《た》めこんでいるらしいヒューが、この強行な旅で体調を崩《くず》さないかが心配だった。気《き》遣《づか》うアンにヒューは笑って手を振《ふ》った。

「俺より、おまえさんは自分の体を心配しろ。砂糖菓子作りの感覚はどうだ？　いくらか取り戻《もど》したのか？」

ヒューと再会してから数日経《た》つが、そのことについて彼にいっさいの報告をしていなかった。彼にも心配をかけたし、技術を取り戻すためにペイジ工房《こうぼう》へ行けと勧《すす》めてくれたのも彼だ。

「うん、すこし。コリンズさんと一緒に、基本的な銀砂糖の扱《あつか》いを修業《しゅぎょう》したの。わたしは感覚に頼ってばかりいたから、それがどんなにあやふやな技術だったか思い知った。だから細かなところから、すべてに気を配って意識して、やりなおしてみた。まだ自分の指が勝手に動くほどじゃないけど。集中して、落ち着いて細かな手の動きを意識すれば、以前よりもばらつきないものができる気がする」

「技術というのは、職人の感覚によるところが大きいからな。だがそれだけじゃ、作るものが環境《かんきょう》や、精神状態や体調によってぶれるのも事実だ」

「それは、よくわかった」

本当に、身に染《し》みて理解した。真摯《しんし》に頷く。窓に肘《ひじ》をかけて頬杖《ほおづえ》をついていたヒューは、アンが頷いたのを見てふっと笑った。

「俺は、いい職人に会えたな」

その言葉が、嬉《うれ》しかった。

「ありがとう。ねぇ、ヒュー。このまま走るの？　休まずルイストンまで」

「いや。一度、どこかで仮眠《かみん》はとる。しかしそれ以外は走り通しだ。御者と馬、サリムとシャルには無理をさせることになるが。のんびり構えてもいられんからな」

「そうよね」

窓の外へ目をやり、荒涼《こうりょう》とした岩場を照らす月明かりに目を向ける。

「アン」

呼ばれたのでヒューを見ると、彼はじっとアンを見据《みす》えていた。

「ルルは、おまえさんになにを伝えた？」

「それは……」

ルルがなにを伝えたか。それすらも、ヒューに明かすことはできない気がした。五百年間ルルが隠《かく》し続けていたことを、アンの勝手な判断で、その片鱗《へんりん》すら知らせてはならないだろう。それは妖精《ようせい》たちが、大切に大切に隠し続けてきた秘密だ。

「ごめんなさい。それは、言えない」

「まあ、すべてはルルに確認《かくにん》をして、ということか。俺に対してならば、それですむが……」

諦《あきら》めたようにヒューは呟《つぶや》き、それから、ちらりと鋭《するど》い目を向ける。

「だが、その後のことをおまえさんは考えているか？」

「え？」

ヒューは軽くため息をつく。

「考えているわけはないか。まあ、いい。おまえさんは、職人だ。職人である限りは俺が守ってやる。すこし、寝《ね》る」

腕組《うでぐ》みして目を閉じると、彼は顔を伏《ふ》せた。

——その後のことって、なに？

問いただしたかったが、ヒューはそれ以上の質問を拒否しているようだった。

馬車はヒューの宣言どおり休まず走り続け、夜が明け、太陽が昇《のぼ》った。朝と昼、小休止で二度ほど停車したが、それ以外は走り通しだった。

そして陽が傾《かたむ》きはじめると、ようやく、馬車は小川のほとりの林に入り込み、本格的な休息に入った。ここまでで、道程の三分の二は消化していた。馬車に揺《ゆ》られ続けた腰はかなり痛かった。だがアンやヒュー以上に、御者と馬は疲《つか》れていた。桁外《けたはず》れに体力がありそうなシャルとサリムですら、すこし疲れた様子を見せていた。

夜明けまで眠《ねむ》り、また、日の出とともに走り出せば、明日の夕暮れにはルイストンに到着《とうちゃく》できるはずだった。

夕食をとると、ヒューとアンは馬車の中で眠ることになった。座席に横になって毛布を体に巻きつけたが、なかなか眠れなかった。

疾走《しっそう》する馬車にずっと揺られ続けたせいで、横になっていても体がふわふわする。ヒューは、ぐっすり眠っていた。やはり疲労感《ひろうかん》が強いのだろう。

そっと窓の外を見やると、小さな焚《た》き火《び》が見えた。野獣《やじゅう》から馬を守るために、絶やすことができない焚き火の番は、シャルとサリムが交代ですることになっていた。

火のそばで横になっているのはサリムのようだ、毛布の端《はし》から、白っぽい髪《かみ》の毛が見える。シャルは片膝《かたひざ》を立てて座り、じっと炎《ほのお》を見つめている。その横顔は物思わしげで、憂鬱《ゆううつ》そうですらある。

──シャル、夕食の時も変だった……。

いつもなら、彼はアンをことあるごとにからかったり、逆に気遣いの言葉を、二言三言だが必ずかけてくれる。しかし今夜に限っては、彼はどこか上の空だった。そしてアンと視線を交《か》わすのが、後ろめたそうに目をそらした。

──疲れてるだけなのかな？　それともわたし、なにかしたのかな？　逆に、しなかった？

この六日間、砂糖林檎《りんご》の異変の原因を突き止めることに必死で、シャルの様子を気にする余《よ》裕《ゆう》がなかった。しかしこうやって作業場を離《はな》れると、嫌《いや》でもシャルのことばかりを考えてしまう。窓越《ご》しにシャルの姿をじっと盗《ぬす》み見ていたが、しばらくすると、自分の意気地《いくじ》のなさにうんざりした。

シャルの恋人《こいびと》にしてもらったのだから、恋人らしく振る舞《ま》おうと決意したはず。なのに窓越しにシャルの様子をうかがって、悶々《もんもん》としているとは。やっている事に進歩がない。もし恋人同士なら、こんな時どうするだろうか。やはり迷わず傍《かたわ》らに寄り添《そ》い、不安なこと、気になることを率直《そっちょく》に訊《き》くだろう。

――よし。

両頬《りょうほお》を軽く叩《たた》き、アンは馬車を降りた。

「シャル」

焚き火に近づきながら声をかけると、彼が驚《おどろ》いたように顔をあげた。周囲の気配に気づかないほど考え事をしていたらしいが、そんな様子もシャルらしくない。

「どうした」

「うん。ちょっと、眠れないから。それに……」

言いながら、すとんとシャルの横に座った。が、照れが先立って、二人の距離《きょり》が微妙《びみょう》に遠い。

――しまった。もっと、近くに行かないと。これじゃ、嫌がってるみたい。

じりじりと、腰をずらしてシャルの方へ近寄っていく。

「それに？　なんだ」

「シャルの様子が、いつもと違《ちが》う気がして」

言いながらも、じりじりと近寄る。シャルは苦笑《くしょう》しながらも、炎から目を離さなかった。

「おまえに気取られるとはな。よほど、俺はおかしいらしいな」

「おかしい、とかじゃないけど。なにか悩《なや》んでるみたいで」

「確かに……」

と言いかけ、シャルがやっとアンの方に振り向いてくれた。が、その途端《とたん》にものすごく、不可解そうな顔になる。

「どうした？　寒いのか？」

「え？」

問われて、シャルの体にすり寄るほどに近寄ってしまっていたことに気がつく。

――しまった、近すぎ！

「あ、違うの！　これは、距離を見誤って……」

慌《あわ》てて言い訳しようとしたが、全部言い終わる前に強い力で抱《だ》きしめられていた。いきなりシャルの胸の中に自分の上半身がすっぽり収まった驚きに、一瞬《いっしゅん》息が止まる。草木に似た、爽《さわ》やかな彼の香《かお》りを強く感じる。そうしていると、囁《ささや》かれる。

「おまえを手放したくない」

慣れないことに戸惑《とまど》い恥《は》ずかしがりながら、それでも恋人らしく振る舞おうとしてへまをやらかす彼女の初《うぶ》さに、愛《いと》しさとやるせなさがこみあげる。今この瞬間腕《しゅんかんうで》に抱きしめている彼女を、永久に、なにがあろうとも手放したくないと強く思う。

使命だろうが責任だろうが、そんなものはすべて放棄《ほうき》して彼女を守りたいとだけ願う。

——だが俺は、そうできない。

シルバーウェストル城を出発してから、シャルはずっとそのことばかりを考え続けていた。

しかし考えは、ずっと堂々めぐりだ。

五百年間虜囚《りょしゅう》となっていたルルの思いや、未来に希望を託《たく》し、自ら人間たちに羽を手渡《てわた》し、売られるために妖精市場に帰った数多くの妖精たちの思い。彼らから妖精王と呼ばれる自分が、それを無視できるはずはない。

だが抱きしめている者を手放したくない。妖精たちの思いは、捨てられない。一瞬、気持ちが大きく乱れる。

さらに強く腰《こし》を抱き寄せる。細い背中の感触《かんしょく》を掌《てのひら》に感じる。抱きしめていると、愛しさだけが大きく胸の中にあふれる。その柔《やわ》らかな思いのおかげで、ふっと混乱が収束する。すがりつくように、永久に抱きしめていたい。

「放したくない」

繰《く》り返していた。

「だが俺は……」

続けた声は呻《うめ》くように途切《とぎ》れてしまった。急に不安になったように、アンは身じろぎする。

「シャル？　どうしたの？」

「アン」

強く抱きしめていた体を放し、両肩《りょうかた》に手を置くと、シャルはアンの顔を覗《のぞ》きこんだ。アンの瞳《ひとみ》は澄《す》んでいて、余計なものはなにも見えていない少女らしい美しさだった。

「おまえは……」

そう問いかけながら、シャルの指はアンの顎《あご》に触《ふ》れ、軽く上向かせる。

「おまえは、人間だ」

「まあ、そうだけど……」

残念そうにアンはちょっと目を伏せる。

「わたしにも、シャルやミスリルみたいにきれいな羽があればよかったって思う。わたしはシャルたちが感じる、銀砂糖の甘さがどんなものかも想像するしかない。わたしは、シャルと同じものを感じられないもの」

アンは人間だ。だが彼女の心はシャルの近くにあり、妖精《ようせい》たちの近くにある。そう感じたからこそ、思わず言葉が口をついて出た。

「もし俺が望めば、おまえは……人間という種族を裏切れるか？」

「……え……？」

あまりにも唐突《とうとつ》な質問に、アンが面食《めんく》らったような顔になる。シャルの質問の真意がわからないのは当然だ。だが、その言葉の持つおそろしい響《ひび》きは、感じ取れるだろう。

「それ、どういう意味？」

問い返され、シャルは自らの焦《あせ》りが露呈《ろてい》したことを意識した。

「……いや。なんでもない。忘れろ」

今この場で、アンになにを訊いたところで始まらない。しかし。

「シャル！　誤魔化《ごまか》さないで」

アンは焦ったように、シャルの上衣《うわぎ》を両手で摑《つか》む。

「今はまだいい。おまえの意志とは関係なく、俺が決めなくてはならないことだ」

「だからそれって、なんなの!?」

食ってかかるように問い詰《つ》められたが、これ以上答える気はなかった。

「その時になれば、わかる」

「言いかけてやめないで！　シャル、お願い話して！　今のは……！」

興奮してさらに言葉を続けようとするアンの腰を再び抱き寄せると、唇《くちびる》を、唇で塞《ふさ》いだ。

びっくりしたように、アンが目をまん丸にして見開く。

答えの出ない問題を、今ここで論じ合って、この瞬間《しゅんかん》を失うのが嫌だった。ルイストンに到《とう》着《ちゃく》すれば、いやでも失うかもしれない時間だ。だから言葉を奪《うば》うように強く口づけた。

彼女はびっくりしているらしく、瞬《また》きもしない。しかし彼女の興奮が一気に冷めていくのは感じる。

──目くらい、閉じろ。

こんな状態で視線が合うのは、なんとも妙《みょう》な気分だ。アンの物慣れなさに半ば呆《あき》れながらも、シャルの方が瞼を閉じ、さらに深く口づける。はじめての、深く、長い口づけだった。

アンが落ち着いたと感じると、目を開き、ようやく唇を離《はな》す。

「すべては、ルルに真実を確かめてからだ。いいな。もう訊くな」

静かに告げ、アンの不安をぬぐい取るように、シャルはアンの唇を指でなぞった。

「もう寝《ね》ろ。明日には、ルルに会える」

「で……でも……」

突然《とつぜん》の口づけに戸惑い、しかし去らない不安に口ごもっているらしいアンに、シャルはふっと笑った。再びアンの唇に指で触れ、息がかかるほど顔を近づける。

「五度目のキスも、するか？」

囁いてからかうと、アンは急いで立ちあがった。

「い、いい！　次で、いいから！　シャルの言うとおり、寝るから！　おやすみ！」

笑いをこらえ顔を伏《ふ》せるシャルに背を向け、アンは急いで馬車の中に入っていった。シャルはそれを見送りながら、苦笑混じりに、久しぶりにふと、どうでもいいことを考えていた。

――なんでキスの回数なんか数えているんだ、あいつは？


馬車の中に戻《もど》ると座席に座り、アンは両手で顔を覆《おお》った。じっと恥ずかしさに耐《た》える。

――あんなキス、慣れちゃう日がいつか来るの!?　信じられない!!

しばらくそうして動揺《どうよう》がおさまると、アンはやっと毛布を体に巻きつけて座席に横になった。

そしてふと、正面の座席で横になり、こちらに背を向けているヒューの寝息に気がつく。

――シャルもヒューも、同じことを言っている気がする。すべては、ルルに確認《かくにん》してから。

その後に、どうするのか、って。

今年の異変が、昨年の銀砂糖に起因するものなのか、否《いな》か。そうであるならば、最初の砂糖林檎《りんご》の木から最初の銀砂糖を精製すれば、問題は解決するのか。

ルルに確認するのは、そのたった二つのことだ。

そしてそれが確認されれば、アンがする事は決まっている。

最初の砂糖林檎の木がある場所へ再び向かい、ラファルと対決して、最初の銀砂糖を手に入れる。

ラファルとの対決を思えば、怖《こわ》い。体を貫《つらぬ》いた剣《けん》の感触はまだ覚えている。ぎゅっと縮こまってお腹《なか》を押さえ、そのおそろしい感触を思い出しそうになるのをこらえた。

だが、問題は単純なはず。

ヒューもシャルも、なにをそれほど危《あや》ぶんでいるのだろうか。ヒューはアンに「その後のことをおまえさんは考えているか？」と問い、シャルに至っては「人間という種族を裏切れるか？」と訊《き》いた。

彼らはアンに、なんの覚悟《かくご》を求めているのだろうか。

そしてルルに真実を確認した後に、アンはなにを覚悟し、なにを決断しなくてはならないのか。不安ばかりが募《つの》る。毛布を体に引き寄せ、目を閉じる。

――なにが起ころうとしているのか、わたしにはよくわからない。

だが、確実なことが一つだけある。

――わたしはなにがあっても、この世から、砂糖菓子《がし》を消すことだけはさせない。

翌日。日の出とともに、アンたち一行は再び走り出した。そしてようやくルイストンに到着したのは、すっかり陽《ひ》も沈《しず》んだ頃《ころ》だった。ルイストンの街中に入ると、市場は終わり、商家は扉《とびら》を閉《と》ざしていた。店奥や宿屋の窓に明かりが灯《とも》っていたが、賑《にぎ》やかなのは酒場が集まる一角だけだった。

銀砂糖子爵《ししゃく》の馬車は、いったん子爵の別邸《べってい》に入った。そこからすぐに王城に向けて使いをだし、ルルとの対面を希望した。

アンもヒューも湯を使い、身なりを整えて返事を待っていた。だが別邸に戻ってきた使者は、王妃《おうひ》マルグリットから「対面は、明日に」という伝言を持ち帰った。いくら銀砂糖子爵の希望とはいえ、夜間に王城の門を開くことは認められなかったらしい。

その夜は旅の疲《つか》れもあり、アンは久しぶりにぐっすりと眠《ねむ》った。

翌日。

「おそらく、王妃様が同席するはずだ。失礼がないようにしろ、特にシャル」

指定の時間に王城に入ったアンたちは、馬車だまりで馬車を預けた。そして護衛のサリムも、馬車とともにその場で待機する。銀砂糖子爵の護衛であるサリムの身分では、それ以上、王城内へ踏《ふ》み込めないのだ。

三重に廻《めぐ》らされた城壁《じょうへき》を迂《う》回《かい》しながら、ヒューは迷わず城の中心へ向かっていた。

アンと並んでヒューに付き従いながら、シャルはすまして答えた。

「失礼な真似《まね》は、誰《だれ》にも働いたことがない」

「面白《おもしろ》い冗談《じょうだん》だ」

うんざりしたように答え、ヒューは足を速める。

王城の中心へ向かうにつれ、アンの背筋は自然とのびて気持ちが引き締《し》まる。

しばらく行くと、石の加工が荒《あら》い古い天守に行き着く。それが第一の天守と呼ばれる建物で、そこを通り抜《ぬ》けると王城の中心となる場所に出た。円形の広い庭には、末枯《うらが》れた草葉が敷《し》きつめられていた。野生の草花の葉は黄色く染まり、乾《かわ》いた明るい茶の色彩《しきさい》が光を弾《はじ》いてかさかさと鳴っている。

その円形の庭の中心に、最後の銀砂糖妖精《ようせい》ルル・リーフ・リーンが住まう円錐《えんすい》の塔《とう》が佇《たたず》んでいた。以前と同じく、その中に大切な者を抱《いだ》き匿《かくま》うように、ひっそりと茨《いばら》の蔓《つる》に取り巻かれていた。

──ルルに、確認するんだ。

塔の姿を見あげる。そして自分のするべきことを確認する。

塔の出入り口で一瞬《いっしゅん》立ち止まったヒューは、背後のアンとシャルに目配せした。二人が頷《うなず》くと、ヒューは中に踏みこんだ。

塔の中には静けさと、石壁《いしかべ》に染《し》みこんだ銀砂糖の甘い香《かお》りが満ちている。壁沿いに作られた、塔の上へと向かう階段に足をかける。二階部分にあがると、そこは作業場だ。綺麗《きれい》に整頓《せいとん》されているが、作業台や樽《たる》の上にはうっすらと埃《ほこり》がつもり、しばらくの間、誰も手を触《ふ》れていないとわかる。

ルルはもう、自分で砂糖菓子を作るだけの体力はないのだ。

さらに階段をのぼると、そこがルルの寝室《しんしつ》だ。小さな窓の脇《わき》に置かれたベッドに、ルルがしどけなく腕枕《うでまくら》したなりで横たわっていた。ベッドの足元にある椅子《いす》には、王妃マルグリットが座っている。

ルルとマルグリットは、階段をのぼってきたアンたち三人を目にすると、笑顔《えがお》で迎《むか》えた。

「おお、来たか。我が弟子《でし》ども、と、黒曜石」

嬉《うれ》しげに目を細めたルルの金の睫《まつげ》に、光が踊《おど》る。シーツの上に流れる金の髪《かみ》も、絹糸のようになめらかだ。しかしその体に力がないのは明らか。横になったまま迎えたのも、ものぐさではなく、起き上がるのがつらいせいだろう。

その姿に、胸をつかれる。ミスリルが弱りきった姿を目の当《ま》たりにしていた後だけに、余計にこたえる。アンやヒューの師匠《ししょう》でもある最後の銀砂糖妖精は、命の期限が間近に迫《せま》っている。しかも彼女は砂糖菓子を食べ、それで延命することを拒否《きょひ》しているのだ。

――しっかり。訊くべきことを、訊くのよ。

アンは自らを心の中で叱責《しっせき》し、気を引き締める。ルルがどんな状態であろうが、それは彼女自身が選んだことなのだ。ルルの姿に動揺し、なんのために自分がここに来たのかを見失ってはいけない。

「ルルになんの御用《ごよう》ですか？　銀砂糖子爵。それに、ハルフォードと……あなた様が」

すらりと、マルグリットは立ちあがった。たったそれだけの所作にも、気品が漂《ただよ》う見事さに、アンは思わずその場に立ち止まり膝《ひざ》を折った。シャルは当然、無言で立ち続けている。彼はエドモンド二世の国民ではなく、妖精王なのだ。膝を折る必要はなく、それはマルグリットも知っている。だから彼女はシャルのことを、わざわざ「あなた様」と呼んだ。

ヒューはマルグリットの前に跪《ひざまず》くと、うやうやしくその手を取り、袖飾《そでかざ》りのレースに半ば隠《かく》された手の甲《こう》に口づける。

「急ぎ、確認する必要があったので」

「国王陛下の命令以上に急ぎの用事がありますか？　銀砂糖子爵。あなたには今、陛下より、なにごとにも優先すべき命令が下っているでしょう」

「そのために参りました。銀砂糖が精製できない理由が、おそらくわかりました」

「わかったのですか？」

目を見開くマルグリットに、ヒューは顔をあげ、微笑《びしょう》でこたえた。

「それを確認しに来ました。そして今年の銀砂糖を精製する方法も我が師が知っているだろうと、ハルフォードが申しますので」

「そうなのですか？　ハルフォード。顔をあげなさい。会話も許します、楽になさい」

命じられて、アンはやっと顔をあげられた。そして王妃の緑の瞳《ひとみ》を見つめながら、しっかりと頷く。

「はい。確かめにきました」

「ルル。あなたはなにを知っているのですか？」

マルグリットがベッドをふり向くと、ルルは微笑したまま小首を傾《かし》げる。

「さて。いろいろと知っていることは多いが、こやつらが、なにを訊きたがっておるのかにもよるな」

「ルル」

ベッドに近寄ると、アンはその脇に跪いた。ルルと同じ目線になると、ベッドに手をかけて身を乗り出す。ルルの髪から、銀砂糖の甘い香りがする。

「今年の銀砂糖が精製できなくなっているのは、知っていますよね」

「ああ、知っているとも。それで？」

「今年の銀砂糖が精製できない理由、それは、去年の銀砂糖にこそ原因があるんじゃないですか？　最初の銀砂糖となるべき、去年の銀砂糖が力を失っている。だから今年の砂糖林檎《りんご》は正常なのに、銀砂糖が精製できない。そうなんですか？」

「確認《かくにん》はしたか？　そこが原因だという、確証はあるか？」

「確証は……」

言いよどむアンの背後に立ち、ヒューが腕組《うでぐ》みしてこたえる。

「確証はない。なぜなら、比較《ひかく》して検討することが不可能だからだ。だが、様々な条件出しをした結果、今年の砂糖林檎には問題がないと判明した。となると、残る唯一《ゆいいつ》の変化の要因は、去年の銀砂糖のみ。すなわち、最初の銀砂糖にしかない」

「なるほどな」

髪をかきあげながら、ルルはゆっくりと身を起こした。ヘッドボードに背を預ける。

「君たちが検討した結果がそうであるならば、間違《まちが》いなく、去年の銀砂糖が原因であろうな。わたしも、なにかが起こるのではないかと思っていたよ。なにしろ去年のような凶作《きょうさく》、わたしも生まれてこの方、経験がないからな」

「経験がないんですか？」

アンの問いに、ルルはきっぱりと答えた。

「ああ、ない。天候が不順であったから、それが原因とも思えたが……。そもそも、あのような天候の不順さも異常だ。だから去年は、すべてが異常なのだという気がした。自然の巡《めぐ》り合わせのなかで異常が起こる年なのだろうとな。砂糖林檎はそれでも銀砂糖になったが、……どうも怪《あや》しかった。かつて砂糖林檎の大凶作に見舞《みま》われた後に、銀砂糖が精製できなくなったと、古老から聞いたことがあったのでな。わたしが生まれる、おおよそ四百年前のことらしいが」

ルルが生まれる四百年前。ということは、今から千年近く前の話だ。その時間の膨大《ぼうだい》さが想像できない。だがそんな想像もおよばない膨大な時間を経ても、伝え残っていたものにアンは感謝せずにはおれない。

これが千年前に起こった出来事と同じで、なおかつ、それが千年前には回避《かいひ》できたとするならば、今のアンたちが回避できないはずはない。

ヒューはため息混じりに言う。

「それが、今年にあらわれたわけか。あなたの予想どおり」

「左様」

「そしてあなたは、この危機の回避方法をその古老とやらに聞かされているんだな。我が師」

「ああ。千年前に砂糖菓子《がし》をこの世にとどめたのは、妖精王リゼルバ・シリル・サッシュの力によるとな」

その名を耳にすると、シャルの表情が不審《ふしん》げに動く。

「リゼルバは最初の砂糖林檎の木を見つけた。そして、そこにいる銀砂糖妖精筆頭を説き伏《ふ》せ、最初の砂糖林檎の木から銀砂糖を精製して持ち帰ったらしい。その最初の銀砂糖のおかげで、砂糖菓子は消えずにすんだ」

「最初の砂糖林檎の木だと?」

ヒューが眉根《まゆね》を寄せて問い返す。

「そんなものがあるのか？」

そしてすぐに、はっとしたようにアンを見おろす。

「おまえは知っていたのか？　アン」

「はい。ルルから以前、聞いていました。それにどんな意味があって、どんな役に立つかは、その時はわかりませんでしたけれど」

「なるほど、だからか」

ヒューは苦笑《くしょう》した。

「しかしこれで、一安心だ。原因は、おそらく去年の砂糖林檎。回避方法は、最初の砂糖林檎の木から銀砂糖を精製し、最初の銀砂糖を手に入れることだ。で、ルル。その場所はどこだ？」

ふっとルルは笑うと、再び横になり腕枕《うでまくら》をする。不遜《ふそん》な態度で弟子を見あげると、ルルは素っ気なく答えた。

「知らぬよ」

「知らない？」

「その場所がどこなのか、わたしにも確証がない」

「おおよその位置も、わからないのですか？」

たまりかねたようにマルグリットが問いかける。

「その場所がどこにあるかに関する、言い伝えならば知っておるが……」

ルルは、さらに笑《え》みを深くする。

「教えんよ」

そう告げると、ルルはじっとシャルに金の瞳を据《す》える。その瞬間《しゅんかん》、シャルは悟《さと》った。

――ルルは、俺に覚悟《かくご》を求めている。

妖精王《ようせい》に対して、我らの思いと未来を託《たく》す、と。

人間である恋人《こいびと》を手放したくないために、シャルは人間との共存と均衡《きんこう》が保たれ続けることを望んでしまう。しかし。ルルにとって、他《ほか》の妖精たちにとってシャルは妖精王であり、自身が妖精王であることを放棄《ほうき》してしまえば、妖精たちの未来世界は変化しない。

六百年生き、最後の妖精王に仕えた銀砂糖妖精の瞳に、シャルは覚悟を促《うなが》される。

――逃《のが》れられないものがある。

様々に迷い乱れた後だったからだろうか。ふっと冷静に、その言葉が胸の中に落ちた。

――俺は、戦わなくてはならない。

六章　妖精王と人間王

「教えないと言ったのか？　我が師？」

　問い返すヒューに、ルルは平然と答える。

「ああ、言った。妖精が五百年隠し続け、この世で唯一、人間の手が触《ふ》れぬ妖精のものだからな。教えんよ」

　するとマルグリットが、祈《いの》るように両手を組み合わせる。

「ルル？　そんな、わたくしたちは友だちでしょう。わたくしたちは、特に国王陛下は、砂糖菓子の存続を心から望んでいるのですよ。わたくしたちに幸福をもたらすものが失われては、この王国がどれほど乱れるか」

　するとルルは、いたわるように答える。

「友だちだよ、マルグリット。君は、わたしのただ一人の友だちだ。だがわたしと君が友だちというのは、わたし個人の問題だ。妖精のために残った、唯一無二の場所は、ただの銀砂糖妖精のわたしが、独断で人間に手渡《てわた》すわけにはいかぬのだよ。それを自由にできるのは、妖精の王たる者だけ」

次にルルは金の瞳《ひとみ》に鋭《するど》い光を宿しながら、アンに視線を向ける。射貫《いぬ》くような鋭さに、アンははっとする。

「わかっておるな？　銀砂糖師、アン・ハルフォードよ。君の恋人を裏切るな」

その瞬間、アンは自らがルルに託されたものの重さに愕然《がくぜん》とした。

――ルルは、わたしを信用して教えてくれた。砂糖菓子が消えるのを、回避する方法を。だけどそれは、けして人間の思惑《おもわく》で自由にしてはいけないもの。唯一、それを利用できるのは妖精王……シャル。シャルだけなんだ。

だからルルはアンに、「余計な事をいっさい喋《しゃべ》るな」と、暗に告げている。

すべては、シャルが判断することなのだ。最初の銀砂糖を手に入れ、砂糖菓子を存続させるか否《いな》か。それを決定するのは、シャルの意志だ。

アンがその事実を知らされたのは、シャルを助けるためなのだ。シャルの意志に従い、最初の銀砂糖を精製し、シャルに手渡す。シャルには銀砂糖を精製する職人が必要だから、ルルはあえて妖精王の思い人であるアンに秘密を打ち明けた。

アンはゆっくりと、背後に立つシャルにふり返った。ヒューの視線もマルグリットの視線も、静かにそこに立つ、黒い色彩《しきさい》をまとう妖精王に向かう。

「ルルは、最初の砂糖林檎《りんご》の木の正確な場所を知らない。だが、俺は知っている」

告げた彼の瞳は静かで、なんらかの強い意志が宿っている。威厳《いげん》に満ちる、妖精王の睫《まつげ》は頬《ほお》に落ちる影《かげ》も美しい。その色の深さに、アンはわずかにおののく自分の胸の震《ふる》えを感じる。

「シャル」

我知らず、声が震えたのは怯《おび》えのためだった。本能的ななにかが、アンを怯えさせていた。

「シャル。最初の砂糖林檎の木へ行って、最初の銀砂糖を手に入れる。そうしてくれるよね？　まさか砂糖菓子を消すなんて、言わないよね」

アンにとって、かけがえのない存在の砂糖菓子だ。シャルはそれをよく知っている。その彼が、アンの生きるよすがとなるものを消すような、そんな無慈悲《むじひ》なことをするはずがない。

しかし。

「条件次第《しだい》だ」

鋼《はがね》のような声で冷たく、シャルは告げた。

その言葉を聞いた瞬間、アンは、ヒューやシャルが危惧《きぐ》していたことに気がつく。

砂糖菓子を存続させるための切り札を握《にぎ》っているのは、妖精なのだ。その切り札を握った妖精たちが、果たして、ただ単純に砂糖菓子の存続のためだけにその切り札を出すだろうか？

答えは、否。

不利な立場にいる妖精たちが手にした切り札を、アンはただ砂糖菓子の存続のためにと、無《む》邪気《じゃき》に欲《ほっ》した。だがことは、そんな単純なものではない。砂糖菓子をめぐり、様々な思惑が交《こう》錯《さく》しているのだ。

──ただ、砂糖菓子が消えないように。わたしは、それだけしか考えてなかった。

泣きたくなった。

──わたしって、ほんとうに馬鹿《ばか》だ。

自分の単純さが、恨《うら》めしかった。自分の馬鹿さに、腹が立った。シャルが一昨日《おととい》の夜、アンに向かって問いかけた言葉の意味が、今になってわかる。

シャルは妖精王という立場でその切り札を手に入れたときに、妖精たちのためにやらなくてはならないことがある。当然だ。

なぜなら最初の銀砂糖は、立場の弱い妖精たちにとって唯一《ゆいいつ》の武器となりえる。その弱い立場を、多少なりとも改善する力になる。

最初の銀砂糖を欲している人間であるアンは、人間のためを思えば、ヒューに最初の砂糖林檎の場所を告げ、そこへ向かうべきだ。

だがアンは、シャルが大好きでたまらない。未来のために覚悟をもって妖精市場に帰った妖精たちの思いに、応《こた》えたい。であるならば、アンは妖精たちのために、妖精たちの意向に従い、最初の砂糖林檎がある場所について口をつぐむべきだ。

それは人間という種族を、裏切ることになるのだろうか。

「本気で言っているのか？　シャル」

怒《いか》りを抑《おさ》えこむような声音《こわね》で訊《き》いたヒューに、シャルは淡々《たんたん》とした表情で応じた。

「本気だ。おまえが銀砂糖子爵《ししやく》としての義務があるように、俺にも、義務がある。生まれてきた意味がある」

様々に思い乱れ呆然《ぼうぜん》とするアンを横目に、つっと動いたのはマルグリットだった。手にしていた扇《おうぎ》でヒューを押しのけるようにして、彼女はシャルの正面に挑《いど》むように立ち、背筋を伸《の》ばす。

「妖精王。その条件とは？　伺《うかが》いましょう。わたくしはハイランド王国国王エドモンド二世の妃《きさき》です」

「条件の交渉《こうしょう》は、人間王とする。人間王エドモンド二世との対面を要求する」

「王は王たるものとしか、話をしないというわけですね」

「人間王に伝えろ。俺は、最初の砂糖林檎の木の場所を知っている。そしてそこから、最初の銀砂糖を手に入れることができるだろうと。最初の銀砂糖を、人間たちの手に渡《わた》すことを、拒《きょ》否《ひ》しているわけではない。ただ、条件をつけたいというだけだ」

「その条件については、国王陛下としか話をしないということですね」

「そうだ」

ふっと息をつき、マルグリットは頷《うなず》いた。

「わかりました。そのように伝えましょう。今しばらく、お待ちください」

マルグリットは背後のベッドをふり返り、ルルに切なげな視線を向けた。ルルも、哀《かな》しげに微笑《ほほえ》む。

「すまないな、マルグリット。しかしこれは、わたしにはどうにもできぬ大事だ」

「ええ、わかっています。ルル」

答えると、マルグリットは階段を下りていった。

ヒューはじろりと、シャルを睨《にら》みつけた。

「やってくれるな。なにかしら、いざこざが起こるのじゃないかと、危《あや》ぶんではいたが……。おまえさんが起こすとは思わなかった。どちらかというと我が師が、だだをこねるのではないかと思っていたが」

「わたしは隠居《いんきょ》だ。いざこざは、そちらに丸投げだ」

澄《す》ました顔で答えたルルは、ベッドの脇《わき》にぺたりと座りこんだアンの頬に触《ふ》れる。

「おいおい、アン。大丈夫《だいじょうぶ》か？　魂《たましい》が抜《ぬ》けたか？」

問われて、ようやく正気づく。こちらを見つめるシャルに、震える声で訊く。

「この前の夜、わたしに訊いたこと……。このことだったの？」

「そうだ」

シャルはゆっくりと近づいてくると、アンの前に跪《ひざまず》いた。

「俺は、この秘密を手渡されたからには、無条件で人間に渡すことはできない。これは妖精《ようせい》にとっての武器だ。人間と対等であるためのな」

「そう……よね。当然……よね」

「おまえは、なにも知らない」

突然《とつぜん》の言葉に、アンはきょとんとしてシャルを見あげた。

「え？」

「おまえはルルに、最初の砂糖林檎の木があると教えられた。そこから最初の銀砂糖を手に入れられると、知っていた。だがそれがどこにあるのか、その場所は知らない」

「え？　でも、わたしは」

「おまえは知らない」

シャルは、アンの言葉を強く遮《さえぎ》った。

「いいか？　この世でその場所を知っているのは、俺だけだ」

その言葉に、シャルの覚悟《かくご》を感じた。胸が痛くて苦しくなる。

――シャルは、わたしと、ミスリル・リッド・ポッドを、巻きこむまいとしている。

最初の砂糖林檎の木がある場所を知っているのは、シャルとアン、そしてミスリル・リッド・ポッドだ。シャルとエドモンド二世との交渉が不調に終わった場合、国王側が、無理にでも情報を得ようとする可能性は高い。

その時、アンやミスリルもその場所を知っているとわかれば、国王側は必ず、シャルよりも御しやすいアンやミスリルを問い詰《つ》めるはずだ。シャルはそれを避《さ》けようとしている。

すべてを自分一人で片付けるつもりだ。

「それじゃ、シャルはどうなるの？　もし交渉がうまくいかなかったら、シャルはどうするの？」

「わからない。だが……おまえは巻きこまない。俺がおまえのそばを離《はな》れることがあっても、おまえへの思いは変わらない。誓《ちか》う」

綺麗《きれい》な黒い瞳《ひとみ》に見つめられると、その強さと高潔さに、胸が震えて痛みが増す。

「離ればなれになっちゃうって、言ってるの？」

思い出すのは、アンが王家勲章《くんしょう》を手に入れたときのことだ。シャルはアンのためにブリジットに羽を渡し、彼女とともにアンの目の前から去って行った。けれどあの時以上に胸が切り裂《さ》かれるように痛むのは、アンがあの時よりもさらに強く、シャルを好きになっているからだ。

「その可能性があるというだけだ」

「いや！」

反射的に拒否した。離ればなれになると考えるだけでこれほど苦しいのに、実際に離れるなどできない。

「わたしは、離れない！　なにがあっても離れない！　シャルがわたしを置いていこうとしたら、わたしは、しがみついてでも一緒《いっしょ》に行くから！」

「不可能なこともある」

「不可能なんかじゃないもの！　約束して。絶対に、わたしを置いていかないで」

沈黙《ちんもく》が落ちる。いつもならこんな時、シャルはアンを抱《だ》きしめてくれる。しかし彼は困ったように、アンをただ見つめている。

ルルが横になったまま手を伸ばし、いたわるようにそっとアンの頭を撫《な》でてくれる。

ヒューはため息をつき、石壁《いしかべ》にもたれて窓の外へ視線をそらした。

沈黙が、怖《こわ》かった。音すら消えたようなこの瞬間《しゅんかん》が、なんの前ぶれなのかが恐《おそ》ろしい。

こつり、と。階段をのぼってくる足音がした。その足音に反応し、シャルが立ちあがりアンに背を向ける。

「お待たせいたしました。妖精王」

濃紺《のうこん》の上衣《うわぎ》の色が、まずアンの目に飛びこんできた。姿を現したのは宰相《さいしょう》コレット公爵《こうしゃく》だった。シャルの背にある片羽がぴりっと緊張《きんちょう》し、薄緑色《うすみどりいろ》の穏《おだ》やかな色が、根元からさっと、冷たい青みをおびた色に変化する。

「国王陛下は、妖精王と対面なさるそうです。あなたが知っていることとの交換《こうかん》条件、聞こうと仰《おお》せです。ご一緒に、おいでください」

「いいだろう」

歩み出すシャルの背に、

「シャル！」

思わず声をかけた。しかし彼はアンを一顧《いっこ》だにすることなく、よどみなく歩み、コレットに続いて階段を下りていく。目線一つも返してくれないことが哀しかった。

足音が去ると、ヒューが天井《てんじょう》を見あげながら口を開く。

「気落ちするなよ、アン。あいつはわざと、振《ふ》り向かなかった」

様々な衝撃《しょうげき》に半ば呆然としながらも、ヒューの方を見る。彼は眉間《みけん》に皺《しわ》を寄せ、厳しい表情をしていた。

「コレット公爵は、切れ者だ。シャルがふり返って笑顔《えがお》でも見せれば、公爵はおまえさんがシャルにとって特別な存在だとすぐに見抜《みぬ》く。シャルは、自らの弱点をさらす真似《まね》は避けようとした。おまえさんを守るためでもあるんだろう。国王陛下に喧嘩《けんか》を売りにいくようなものだ。そのくらいの用心が必要だ」

そうなのだ。かつてダウニング伯爵《はくしゃく》は、妖精商人との交渉《こうしょう》でさえも、王家に盾《たて》つくと怒《おこ》っていたではないか。それが国王たる者が妖精から「交換条件」などと言われたら、普通《ふつう》ならば激《げき》怒《ど》する。

――シャル。

両手で口を被《おお》う。

砂糖菓子《がし》が消える。その異変が、これほどのことをシャルにさせる結果になることに、愕然《がくぜん》とした。千年に一度の異変は、否応《いやおう》なく妖精王を巻きこんでいく。

──わたしは、なにもできないの？

悔《くや》しくて、悔しくて、どうしようもない。

大きなうねりのようなものに巻きこまれていくシャルを見送り、ただ離れたくないと、この場に座りこんでだだっ子のように泣いているしかないのだろうか。そんなのは、惨《みじ》めすぎる。シャルと離れないために、彼を守るために、アンはなにができるだろうか。なんの力もないアンは、ただ、祈《いの》るしかない。

──祈り。

それはアンが幼い頃《ころ》から、ずっとすがり続けたものだ。物事がうまくいくように、不幸に見《み》舞《ま》われないように、大切な人を守ってくれるように。祈りながら、アンはずっと砂糖菓子を作り続けていた。

自分の両掌《てのひら》を広げ、見おろす。

──わたしの手は、まだ、ちっとも元通りじゃない。前ほどの砂糖菓子は作れない。でも。できないからって、なにもしないなんていや。できる限りの力で祈ることはできる、この手でも。

「……ルル。銀砂糖は、ありますか？」

自分の手を見おろしたまま、アンは訊《き》いた。

ずっとアンの頭を撫でていてくれたルルの手の動きが止まる。

「あるよ。二階の作業場にな」

「わたし、……砂糖菓子を作りたいんです」

ふり向くと、ルルは微笑《びしょう》していた。

「作りたまえ、銀砂糖師。わたしが見ていてやる」


「わたしがあなた様を訪問した真意が、どうやら伝わっていなかったようですね。妖精王」

塔《とう》を出て第一の天守を通り抜けると、先を行くコレットが背中越《ご》しに言った。

「わかっているつもりだ」

「わかっていながら、なぜ国王陛下に交渉を申し込むような真似を？　あなた様は王国に反意をみせているのだと、お気づきでないのですか」

シャルは、ふっと笑った。

「おまえの訪問の意味を理解したからこその、反意だ」

その言葉に、思わずのようにコレットは足を止めてふり返った。

三つの城壁《じょうへき》を擁《よう》する王城の複雑な構造の影響《えいきょう》か、コレット公爵の傍《かたわ》らに立ちあがる古い城壁の壁面を舐《な》めるように、強い風が吹《ふ》き抜《ぬ》ける。濃紺の上衣が強くはためき、シャルの髪《かみ》もまた前方へ流れる。

「おまえは言った。妖精《ようせい》王の意志を統一しろと。しかしそれは、仮にも王たる者に対して出過ぎた真似だとは思わなかったか？　コレット。妖精王は人間王の家臣ではない」

静かに淡々《たんたん》と告げたシャルの言葉と雰囲気《ふんいき》になにを感じたのか、コレットは押し黙《だま》る。そして、ふと苦笑する。

「なるほど。これは、わたしの失策ですね。しかし……」

目をあげて、コレットは鋭《するど》い視線をシャルに据《す》える。

「そうして妖精王の誇《ほこ》りを顕示《けんじ》して、今のあなたになにが得られますか？」

「妖精王としての誇りなど、ない」

切って捨てるように、シャルは告げた。その言葉に、コレットの目にわずかな驚《おどろ》きが見える。

「この交渉は、俺自身がなにかを得るためのものではない。もし俺自身がなにかを得ようとするならば、すべてを人間の前に投げ出し、愛《いと》しい者だけを連れて世界の果てへでも逃《に》げる」

淡々と告げると、シャルはつと顎《あご》を上げた。

「案内しろ。人間王の臣。これ以上は、人間王との話になる」

へりくだる態度でいながら、どこかシャルを見下すようだったコレットの表情が変わる。目の奥の余《よ》裕《ゆう》の笑みが消える。

――本気になったか。

おそらくコレットは、妖精王といえどたかだか一人の妖精に過ぎないシャルの存在を軽《かろ》んじていたのだ。なにができるのか、と。心の底では冷笑していた。それが先の訪問での、慇懃《いんぎん》な「命令」につながったのだ。

だがようやく彼も、本気でかからねば足元をすくわれると悟《さと》ったらしい。

「ご案内いたします」

恭《うやうや》しく頭をさげ、コレットは歩き出す。

国王の私室は、第四の天守と呼ばれる最も新しい天守にある。石壁がむき出しの昔風の天守とは趣《おもむき》が異なり、シルバーウェストル城と同じく、内壁に漆喰《しっくい》の化粧《けしょう》がしてある。廊下《ろうか》にも絨《じゅう》毯《たん》が敷《し》かれ、窓には色ガラスまで嵌《は》めこまれている。百年前の城を知っているシャルの目から見れば、快適すぎるほどだ。

人払《ひとばら》いがしてあるらしく、王の私室の周囲にはひとけがない。

「こちらです」

コレットが、一つの扉《とびら》の前に立ち止まった。廊下の中程《なかほど》にあるその扉は、左右に並ぶ部屋の扉と比べても、なんら特徴《とくちょう》がない。樫《かし》作りで、繊細《せんさい》な蔓薔薇《つるばら》の模様が浮《う》き彫《ぼ》りにされてはいるが、並ぶ扉はすべてが同じ。

国王が最も無防備になる私室を、これ見よがしに華《はな》やかにせず、あえて他《ほか》の部屋と見分けづらくするのは用心のためだろう。エドモンド二世の即位《そくい》に際しては、様々な混乱があった。その時に身についた習性だろうか。

「陛下。お連れいたしました」

扉の前でコレットが告げると、中から「入れ」というエドモンド二世の声が答えた。扉を開くコレットに続いて、部屋に踏《ふ》みこんだ。

部屋の左右の壁《かべ》にはそれぞれ、隣室《りんしつ》へ続いているらしい扉がある。ちらりと、シャルはそれを目線で確認《かくにん》すると、眉《まゆ》をひそめる。

──ぬかりなしか。

しかしすぐに、正面に目を向けた。

部屋の中心には、色糸を多彩《たさい》に織りこんだ布を座面に使った長椅子《ながいす》と、一人がけ用の椅子《いす》がいくつか、低い猫足《ねこあし》のテーブルを囲むように配置されている。バルコニーへ続く掃《は》き出し窓《まど》は開かれ、そこからは聖ルイストンベル教会の鐘楼《しょうろう》が青空を背景に見えていた。そしてその鐘楼の足元に広がる、赤茶けた煉瓦《れんが》造りの街並み。微風《びふう》に揺《ゆ》れるレース地のカーテンを手で押さえるようにして、エドモンド二世はルイストンを見おろしている。

シャルとコレットが中に踏みこんで来ると、彼はやっと、こちらをふり返った。

薄青《うすあお》の、本来は柔和《にゅうわ》な瞳《ひとみ》に、今は厳しさがある。

「二度と相まみえることはないと思っていた。それがよもや、二度、三度と会うことになろうとはな。妖精王」

「俺もそんなつもりはなかった。だが、人間たちの求めるものが、妖精が生み育てたものである限り、会わざるをえないだろう」

「余と、交渉したいと聞いた。話を聞こう」

エドモンド二世はさっと一人がけの椅子に近寄ると、背もたれに手をかけた。そしてその正面の長椅子に向かって、促《うなが》すように手を差し出した。

「そちらに、座って頂こう」

シャルは長椅子に座ると、悠然《ゆうぜん》と足を組んだ。エドモンド二世も正面に座ると、肘掛《ひじか》けに腕《うで》をのせて楽な姿勢をとった。コレットは影《かげ》のように、エドモンド二世の椅子の背後に立つ。

王たる者どうしの駆《か》け引きが始まるこの瞬間《しゅんかん》、その場は一見静かで、優雅《ゆうが》。しかし三者の間には、薄氷《うすごおり》のような緊張《きんちょう》が張りつめる。

「昨年の砂糖林檎《りんご》凶作《きょうさく》の影響で、最初の銀砂糖は失われた。今年以降、銀砂糖は精製不可能だ。無論、砂糖菓子《がし》を作ることはできない。その報告は銀砂糖子爵《ししゃく》から聞いたか？」

指を膝《ひざ》の上で軽く組み、シャルが問う。

「昨夜、銀砂糖子爵から大まかな内容をしたためた書面をもらった。そのあたりは、知っている。それで、それを回避《かいひ》する方法があると王妃《おうひ》から聞いたが。それは最初の砂糖林檎の木、なるものを見つけ、そこから最初の銀砂糖となる銀砂糖を手に入れることだと」

そこでいったん言葉を切り、エドモンド二世はゆっくりと確認するように続ける。

「そして、その最初の砂糖林檎の木の場所を知っているのは、妖精王だけだと」

鋭い目線と言葉に、シャルは微笑《ほほえ》みを返す。

「そのとおりだ人間王。俺が、砂糖菓子の未来を握《にぎ》っている」


「この銀砂糖を使いたまえ」

ルルはヒューの肩《かた》に支えられ二階の作業場に降りると、壁際《かべぎわ》の椅子に座った。そして自分の隣《とな》りに並んだ四つの大樽《おおだる》にもたれるようにして姿勢を楽にすると、樽の表面を軽く叩《たた》く。

「これは、王家のための銀砂糖ですよね？」

樽の中には、白、赤、青、黄と、それぞれの色を持った銀砂糖が詰《つ》まっていた。色の銀砂糖は、一年間かけて、王家専用の砂糖林檎の林で育てられた砂糖林檎から精製されたものだ。

「ああ、そうだ」

「王家のものをわたしが使ったら……」

「わたしは、王家のため以外に砂糖菓子を作るなと言われているが、わたしが管理している銀砂糖を誰《だれ》かに使わせてはならんとは言われていないからな。かまわんよ」

勝手な解釈《かいしゃく》をするルルに、アンは目を丸くし、ヒューは苦笑する。

「しかも君は、君の楽しみのためだけに砂糖菓子を作りたいと言ったわけではあるまい、アン？」

なにもかも承知しているかのように、ルルは笑いながら金の髪をかきあげて銀砂糖の樽にさらに深くもたれかかる。

「さあ、見せてくれ。君が作るものを」

「わたしが作れるものなんて、今、ほとんどないんです」

告白すると、ルルはちょっと眉の端《はし》をつり上げる。

「どういうことだ？」

うっすらと埃《ほこり》を被《かぶ》った作業台に置かれていた石の器《うつわ》を手に取ると、アンはルルがもたれている樽に近づく。

「わたし怪我《けが》をして命が危《あや》うかったところを、エリルに助けてもらったんです。でもそのかわりに、砂糖菓子を作る感覚を失ってしまって。修業《しゅぎょう》をし直して、今、基本的な銀砂糖の扱《あつか》いだけは出来るようになったんですけれど、形を作る技術はまだまだ取り戻《もど》せていないんです」

銀砂糖の樽の蓋《ふた》を開け、白い銀砂糖を石の器にくみあげながら告白した。ルルは目を見開き、アンの指を見つめる。

「そうなのか？　では君は、なにを作ろうとしている」

問われると、わからない。けれどなにもせずに、ただ待つことなどできなかったから、作ろうと思ったのだ。無闇《むやみ》にあふれる思いは、焦《あせ》りかもしれない。

「わかりません。でも、わたしにはこうやって砂糖菓子を作る以外、なにもできないから。できる範囲《はんい》で、なにかの形にしたいんです」

答える声が涙声《なみだごえ》になりそうで、それが情けなかった。だから姿勢だけは真っ直《す》ぐ正し、手元にくみあげた銀砂糖を見つめる。

しかし、動けない。形を作れない自分の現状が不安となり、作りたい形、作るべきものの形を思い浮かべることができない。

ルルのとなりに立っていたヒューが、軽く息をつくと上衣《うわぎ》を脱《ぬ》いだ。それをルルの椅子の背にかけると、アンに歩み寄りながら袖《そで》をまくり上げた。そしてアンの握っていた石の器を取りあげた。なんのつもりだろうかと、ヒューの顔を見あげたアンに、ヒューが訊《き》く。

「なにを願う、アン」

落ち着き払《はら》っているが、厳しいヒューの表情。

――職人の顔。

彼のこんな表情を見るのは、珍《めずら》しかった。銀砂糖子爵として様々な難題に対応する時の彼の顔とは、どこか違《ちが》う。厳しいながらも、心のどこかで挑《いど》むことを楽しむような強さがあるそれは、キャットやエリオットが銀砂糖を前にした時に見せる表情によく似ている。エマも、よくこんな表情をしていたことを思い出す。

「どうした? なにを願うかと訊《き》いているんだぞ、アン」

再度問われ、アンははっとする。

「幸福を……」

「なんのだ? あるいは、誰のだ?」

問われると、混乱していた思考がすこしだけまとまってくる。

「シャル……だけど。違う。それだけじゃない……」

「シャルと、なんだ?」

闇雲《やみくも》だったアンの思考に、ヒューの言葉が道筋をつけている。

「シャルと、人間。ちがう……今、この瞬間。シャルと国王陛下が対面している」

「おそらくな。はじまっている」

「シャルと陛下の交渉《こうしょう》が、うまくいってほしい……。昔の妖精《ようせい》王と祖王のようなことを、繰《く》り返さないでほしい」

「それが願いか?」

「うん」

「ではそのために、なにを作る」

「信じあえるものを」

答える言葉に、思考が導かれる。

——信じあえるもの。信頼《しんらい》の形。願い。

そこではっと、思いだす。かつてアンは、今とまったく同じことを願って砂糖菓子を作ったことがある。それはアンが生きていくために、自分を支える自信と力にするために、どうしても欲しかったものを手に入れるため、懸命《けんめい》に考え作り出したものだ。

そしてそこで手に入れたものが、今もアンを支え続けている。アンの願いとともに。

「ヒュー。わたし、同じものを作る必要がある。あの時と」

「あの時？」

「わたしが、王家勲章《くんしょう》を授《さず》かった時」

アンが銀砂糖師として、王家勲章を授かったあの時。アンは祖王セドリックと妖精王リゼルバ・シリル・サッシュの伝説を知り、そこで感じた、二人の王の思いを砂糖菓子の形にした。

五百年前の王たちは平和と共存を望んでいて、その思いはアンと同じだった。

だからアンは、妖精の羽に似た輝《かがや》きで、王家の紋章《もんしょう》である蔓薔薇《つるばら》を作った。あたかも妖精の羽で作られたかのように見える蔓薔薇は、人間と妖精がとけあい、理解し合うことを願ったゆえだった。

そして今、五百年前のあの時と似て、人間王と妖精王が向かい合う。

「あの時わたしは、今と同じことを願って砂糖菓子を作った。それを国王陛下に献上《けんじょう》した。今、二人の王に献上するべきものは、あの時の思いしかない」

ヒューは頷《うなず》く。

「あれなら俺が覚えている。蔓薔薇の花の形を作ってみせてやる」

「え？」

「今のおまえさんが、あれだけの大作を作れるとは思えん。せいぜい、作れて花一輪だろう。だがそれだけでもいい。作れ。俺が作る様子を見ろ。そして見て、一緒《いっしょ》に作れ。目で、頭で、技術を確認《かくにん》しろ」

「でも、どうして」

指導すると、ヒューは言ってくれているのだろう。しかし。

銀砂糖子爵《ししゃく》たるヒューが指導してくれるというのが信じがたい。彼はそれほど、職人を甘やかす人ではない。ヒューは苦笑《くしょう》した。

「我が師にはもう、砂糖菓子《がし》を作る体力は残ってない。俺は、国王陛下の命令以外では、砂糖菓子を作れない。今この瞬間《しゅんかん》、二人の王の会談の行く末を見守り、その成功を祈《いの》るための砂糖菓子を作れるのは、おまえさんしかいない。そして俺も、二人の王の会談が良いかたちで終わることを望んでいる」

「どうしてヒューが？」

「あたりまえだろう。交渉に失敗すれば、シャルは永久に口をつぐむはずだ。そうすれば砂糖菓子は失われる」

砂糖菓子の存在に一生を捧《ささ》げる銀砂糖子爵の茶の瞳《ひとみ》は、強く真っ直ぐだ。

「俺は砂糖菓子がこの世にあり続け、さらに美しいもの、より良いものになることだけを望む。だからおまえさんが作るんだ、アン。今、できる限りの技《わざ》でいい。作れ」

職人として、職人の守護者である者の強い意志が胸に突《つ》き通る。ただしゃにむに、恋心《こいごころ》だけで乱れていた気持ちに、自分を支える根っこの部分が蘇《よみがえ》る。

強く、アンは頷き返す。

「作ります。銀砂糖子爵」

ざっと作業場を見回し、ヒューは張りのある声で命じた。

「作りたい色味で、銀砂糖を練るんだ。おまえの仕事だ。時間をかけるな。できる限りの速さでやれ」

命じられると、ぴんと気持ちが張りつめる。今まで停滞《ていたい》していた思考が一気に動き出し、次にするべき行動がわかる。

――まず、冷水。

作業場の端《はし》に置かれた手桶《ておけ》をすぐさま見つけ、それを引っつかんで階段を駆《か》けおり、塔《とう》から飛び出し井戸《いど》へ向かう。以前ここで技術の習得をしたので、作業に必要なものがどこにあるか知っているだけに迷わず動ける。それがありがたい。

――シャルと陛下は、もう、対面した？

塔の脇《わき》にある井戸から水をくみあげると、ちらりと空を見あげた。空は秋の澄《す》んだ青空。こんなにも明るく美しい空の下で、不安いっぱいの自分が情けない。こんなに明るい空の下でなら、きっと希望をつかみ取れる。そう信じる、自分の心の強さが欲しかった。

——作るんだ。

水をいっぱいにした手桶の取っ手を握《にぎ》りなおすと、再び塔の中に駆《か》け戻る。

作業場の中で、ヒューが道具を準備していた。一つ一つ棚《たな》から取り出し、乾《かわ》いた布で丹念《たんねん》に埃《ふ》を拭き取る。アンも同様に作業台を拭き、道具類を拭く。

すべての準備が調《ととの》うと、再びアンは、石の器《うつわ》を手にしてルルの傍《かたわ》らにある樽《たる》に駆け寄った。

樽の蓋をすべて開けると、手にした石の器の中に白い銀砂糖をくみあげた。その白に、何色をどれくらい混ぜ込むべきか。

シャルの美しい羽の色を思い浮《う》かべ、石の器を青と黄と、順番に樽の中に入れる。一つの器を銀砂糖で満たすと、別の器を作業台から持ってきて、さっきとは違う比率で銀砂糖の色をつくりあげる。

——よかった。色がわかる。これは知識なんだ。失ってない。

どの色とどの色をどれだけ混ぜれば、欲しい色になるか。それはどうやら、アンの中にある知識のようだ。迷いなく、色の銀砂糖を混ぜ合わせられる。

五種類の、微妙《びみょう》に色の配合を変えた銀砂糖を器にくみあげた。

それを作業台に並べると、端の一つを、一気に作業台の上へあける。作業台の上に、色の粒《つぶ》が鮮《あざ》やかに広がる。

それを前にして、アンは冷水に手を浸《ひた》した。軽く目を閉じ、エリオットの手の動きを心の中で反芻《はんすう》する。落ち着けと、言い聞かせる。指の動きと、時間。タイミング。銀砂糖と冷水の比率。それらをざっとおさらいすると、瞼《まぶた》を開く。

冷えた指先で、銀砂糖に触《ふ》れる。軽く開いた十本の指で、左右の手を交差させるように混ぜ合わせる。冷水をくみあげ、銀砂糖の量と冷水を見比べる。

——銀砂糖は石の器いっぱい。加える冷水の総量は、その六分の一が最適。その最適量を、二十回に分けて混ぜ合わせる。

一度目の冷水を加えると、指の動きを意識しながら素早《すばや》く練りはじめる。指の動きと、瞬《また》きの数をあわせるように計る。指先の関節一本分、指が長くなったような不思議な感触《かんしょく》がする。

その感触を感じながらも、頭の中で指の動きと瞬きの数をあわせ続ける。

アンの背後に立ち腕組《うでぐ》みしていたヒューの目が、アンの指先に吸い寄せられる。またとない発見をしたかのように、瞳が輝きを増す。

ルルは銀砂糖の樽に腕《うで》をかけ、もたれかかりながら、ふふっと笑うと、

「指の動きが、えらく綺麗《きれい》になっておるな」

と、呟《つぶや》いた。しかしアンの耳にはそんな声は届いていなかった。頭の中で考え数え、それを

指で追うことに必死だ。

指先と掌《てのひら》の間で、銀砂糖はまとまり、なめらかになり艶《つや》をもつ。色の銀砂糖特有の、透明感《とうめいかん》のある色は薄《うす》い紫《むらさき》がかった青。

練りあがったと判断すると、次の色に取りかかる。

次は、透明感のある淡《あわ》いピンク。さらに若葉の緑と黄の光草の花を混ぜたような微妙な色合いの緑。夜明けの空のように落ち着いた薄紫。艶のある銀と見まごう純白。

五色が練りあがった。するとヒューが動いた。作業台を挟《はさ》んでアンの前に立つと、無言で練りあがった銀砂糖に手を伸《の》ばした。端の色から順次、同程度の大きさに銀砂糖を切り取り、手前に並べる。

——はじまる。

アンは、ヒューの指先を見つめる。

「砂糖菓子の未来を、あなたが握っている。それは、間違《まちが》いないようだ」

エドモンド二世は、静かな声で、しかし射貫《いぬ》くような鋭《するど》い視線でシャルを見つめる。誓約《せいやく》を交《か》わした者同士であったはずの相手に、今、不信感がわきあがっているのは確かだろう。

「それで砂糖菓子の未来と引き替《か》えに、あなたは何を望む。妖精王《ようせい》？　妖精たちの解放か？　しかし以前にも言ったはずだ。慣習の上になりたつものを覆《くつがえ》すほどの用意は、我らが王国にはないと。それはあなたも承知したはず」

「知っている。慣習を覆すことが容易ではないこと、それを覆すには長い時間が必要なことも、忘れたわけではない」

「では、なにを望む」

「保証」

「保証？」

おうむ返しに問い返され、シャルは膝《ひざ》の上で悠然《ゆうぜん》と指を組む。

「人間の王と妖精の王が、誓約すること。妖精と人間、両者は対等な存在であると、王として認め誓約の書にして証《あかし》を残すこと。王の誓約は石版に彫《ほ》られ、聖ルイストンベル教会に納められるならわしだろう。それをしてもらいたい」

「その程度のことか？」

エドモンド二世が気が抜《ぬ》けたように微笑《びしょう》するのとは逆に、背後にいたコレットが目を見開く。

「陛下！　これは、大変な誓約です！」

「なにがだ？　実際に、人間と妖精の、どちらが上でどちらが下か、そんなものはないはずだ。双方《そうほう》とも、同じ生き物だ。ただ慣習により、今は人間が妖精を使役《しえき》しているだけのこと」

「その慣習が問題なのです！　両者が平等と認めるということは、今の慣習が間違っていると陛下が保証するようなものです！　この世界は間違っている！　間違っているものを正すのは、罪ではない。そう言って妖精たちが反乱を起こした場合、陛下は、その反乱そのものを認めると誓約なされたことになるのです！」

そこまで言われ、エドモンド二世はぎょっとしたようにシャルを見やる。

――さすがは、宰相《さいしょう》か。

シャルは笑《え》みも姿勢も崩《くず》さずに、二人の視線を受け止める。

「妖精王。余を、あざむこうとしたか？」

問うたエドモンド二世の声には、非難の響《ひび》きがある。それを受け、コレットが鋭く声をあげた。

「入れ！」

左右の壁《かべ》にあった、続きの間へ出入りするための二枚の扉《とびら》と、出入り口の扉。三枚の扉が同時に開き、それぞれに五人の兵士が部屋になだれ込んできた。彼らは鎖帷子《くさりかたびら》だけを着けた軽装だったが、全員が弓を携《たずさ》えていた。そして部屋に入ってくるなり、全員が弓に矢をつがえ、鏃《やじり》の狙《ねら》いをシャルに定める。

鋭い鋼《はがね》の十五の鏃が、真っ直《す》ぐシャルを狙う。

七章　誰《た》がための花

──最初は、銀砂糖の塊《かたまり》を押しつぶすようにして広げていく。左右の手の力は、強い。肩《かた》を使って延ばす。上下左右に、三度。ある程度広げると、力を抜く。肘《ひじ》から先を使って、軽く。銀砂糖の塊を、ヒューが瞬く間に薄く延ばしていく。それは、作業台に貼《は》られた石が透《す》けるほどの薄さまで延ばされる。アンはその動きを目で追いながら、エリオットに教わった動きと、ヒューの動きを頭の中で比《ひ》較《かく》する。

動きは、ほぼ同じ。しかしヒューの動きの方が、格段に捉《とら》えやすい。彼の動きには無《む》駄《だ》がない。様々な細かな動き一つ一つを、彼は意識しているからだろう。

薄青《うすあお》、ピンク、と、ヒューは次々、銀砂糖を薄く広げていく。それを目の端《はし》で捉えながら、アンも銀砂糖に手を伸ばす。

艶めく純白の銀砂糖の塊、一握《ひとにぎ》り。それを正面に置き、薄く延ばす。ヒューの動きを心の中で反芻しながら、動きの速さやタイミングを、自分の瞬きの数に置き換《か》える。指先の場所、肩や肘の位置を確認《かくにん》しつつ、動作に入る。

ウェストルに向かう道中の二日間で、エリオットからひととおりの技術は得ていた。だがそれを、より正確に頭の中にたたき込みながら指を動かす。白い銀砂糖は均等に広がり、徐々《じょじょ》に作業台の石が透けて見え始める。妖精の羽のような、むらのない薄さ。

——できる。

アンはヒューと同様に、次々、銀砂糖を薄く延ばす。ヒューはちらりとアンの作業を目の端で確認しながらも、動作を止めて待ってくれたりはしない。アンはそれに、必死で追いつこうとした。

一瞬《いっしゅん》も、気が抜けない。呼吸をするのも、もどかしいほどだ。しかしエリオットの動きを何度となく追い続けたアンには、ヒューの動きを追うことは可能だった。

ペイジ工房《こうぼう》での修業《しゅぎょう》は、大きな樽《たる》にスプーンで一杯ずつ水を入れていくようなもどかしさだった。しかしそのスプーン一杯《いっぱい》の水は、いつのまにか樽を満たしている。その満たされたもののおかげで、ヒューの動きを追える。

切り出しナイフを手に取ると、ヒューは当たりもつけずに、薄い銀砂糖にナイフの刃《は》を当てる。花びら形を切り出す。アンもナイフを手にし、作業台の上からすこし距離《きょより》をとり、ヒューの動きをなぞるようにナイフの刃を動かしてみる。

——空気を切るように、軽く。切り出しのはじめの瞬き二つの間は、円の描《えが》き出しのように。そこから力を抜き、掌の角度を内向きに。

薄く延ばした銀砂糖にナイフをあて、花びらの形を切り出す。

――いける。

手応《てごた》えを感じる。

黙々《もくもく》と、ヒューは花びらを切り出す。アンも同様にする。形に狂《くる》いのない薄い花びらが、五色。アンとヒューの手元に並んでいく。

ヒューがナイフを置いた。手を冷やすと、花びらを手に取る。ざっと見回し、白と薄青の花びらを手にしてそれを柔《やわ》らかく向かいあわせにして、重ねる。花の芯《しん》だ。そこへ次々と、五色の花びらを追加していく。柔らかく、なめらかに、花弁を広げる蔓薔薇《つるばら》になる。その指の動きに、アンは思わず呟く。

「綺麗《きれい》」

瞬《また》く間にひとつ、大輪の蔓薔薇の花ができあがる。それを掌《てのひら》に載《の》せ、ヒューはアンの目の前に突《つ》きつけた。

「これは、勝負のために作ったものではない。国王陛下に命じられたものでもない。だから俺が作ったこの砂糖菓子《がし》は、壊《こわ》すしかない。俺の手がつくる幸福は、国王陛下の幸福のみだ」

そう言うと、ヒューは掌の薔薇《ばら》を握《にぎ》りしめた。

「あっ……！」

作りたての砂糖菓子は、簡単にヒューの掌で潰《つぶ》れた。ヒューの目には達観と、わずかな苦悩《くのう》がある。彼は自ら望む未来のために、幸福を祈《いの》ることはできない。

――わたしが祈る必要がある。銀砂糖子爵《ししゃく》の思いまで。

ヒューと視線が絡《から》まると、アンはわずかに頷《うなず》いた。するとヒューは、掌のつぶれた薔薇を作業台に置くと、ふっと息をついて壁にもたれかかり腕組《うでぐ》みした。

「さあ、やれ。銀砂糖師」

命じられ、頷く。アンは冷水に手を浸《ひた》すと、花びらを手に取る。

――色の組み合わせは、シャルの羽のようにしたい。微妙《びみょう》に変化して、艶《つや》やかで。

蔓薔薇の芯のために、白と薄青の花びらを手にした。

――形は、高貴な蔓薔薇。国王陛下の寛大《かんだい》さのように、ふんわりと、やわらかく、まるさをもって。

ヒューの手の動きと、できあがった蔓薔薇の形。それらを頭の中で結びつけ、形にしようとした。しかし。銀砂糖を薄《うす》くのばしたり切り出したりとは、難易度が格段に違《ちが》う。

頼《たよ》りになるのは、指先の微妙な動き。ヒューの指の動きを真似《まね》ようとする。しかしあまりにも微細《びさい》な動きを捉えそこねているのか、思うように蔓薔薇の花びらに曲線が出ない。

――力を、入れすぎ？　違う。力が、足りない？

一瞬、混乱する。必死に目を閉じ、ヒューの動きを見て覚えたものを反芻《はんすう》し、瞬きの数を数えようとする。

――指の向き、どうだった？　内向きに……ちがう。あれは最後の花びら。タイミングが……

…。

思いだして、頭の中で整理しようとすればするほど、混乱していく。

「技《わざ》を失ったこと。よほど、恐《おそ》ろしかったのだな」

ふいに、耳元でルルの声がした。いつのまにかルルがアンの背後に立っていた。驚《おどろ》いて振《ふ》り向こうとするが、その気配を察したようにやんわりとルルが止める。

「目の前の砂糖菓子から、目を離すなよ」

言われて、動きを止めた。

「よしよし。よい子だな、アン」

ルルの両手が背後から、アンの背を抱《だ》くようにしてアンの両手の甲《こう》に触《ふ》れる。

「君は昔から、作業を無意識にしていたのだろう？　だが、その無意識を奪《うば》われているらしい。銀砂糖を練り、延ばし、紡《つむ》ぎ織り、切り出す。これらは技だ。しかしよいか、アン。この最後の砂糖菓子を形にする作業だけは、技ではないのだよ」

ルルの言葉に、アンは目を見開く。振り向きたいが、目の前に集中しろと命じられているので、こらえて、自分が手にした作りかけの蔓薔薇に視線を向ける。

「どういうことですか？　ルル」

するとヒューが、呆《あき》れたように肩をすくめた。

「親切すぎやしないか？　我が師」

「たわけ」

ルルは静かに一喝《いっかつ》した。

「我らの未来を左右するとき、すこしくらい助け船を出しても罰《ばち》は当たるまい。君は未来を望むと言いながら、一線を越《こ》えようとせぬ。それが男というものの融通《ゆうずう》のきかなさだ」

「それがアンのためになるとは思えん。アンの職人としてのありかたを歪《ゆが》めることはできん」

「歪むかどうかは、アン次第《しだい》。しかし銀砂糖子爵。この小娘《こむすめ》はたった一度助けられただけで、それに味をしめ、堕落《だらく》するような娘《むすめ》か？」

「そうは思わん。だが、確証はない」

「確証をもとめるな、臆病《おくびょう》者め。わたしは、信じるからこれでよいのだ」

それから突然《とつぜん》口調を変え、柔らかく、ルルの言葉がアンの頭の上あたりで紡がれる。

「形にする、この作業だけは想像する力の問題だ。下手《へた》な職人は、作るべき形が見えていない。だから均衡《きんこう》が崩《くず》れ、形が崩れる。良い職人は、想像するのだ」

——想像？

アンは自分の指が支え持つ、蔓薔薇の芯を見つめる。

「形を、思い浮《う》かべるのだ、アン。あたかもそこに、それが存在するかのように。その形が見えていれば、その花びらがどの方向へ広がるか、どんな曲線を描くかがわかる。それを指でなぞればよいのだ。君は今まで想像することを、無意識にしていた。だが今は、それが無意識に

できぬのだろう？　ならば、意識して考えろ。その蔓薔薇は、どのような形でどの大きさになる。この手の中に、あたかも存在するかのように思い描くのだ」

自分は今まで、形を作るときに、あたかもそこに砂糖菓子が存在するかのように想像していたのだろうか。それはわからなかったが、微妙な形のものを出現させるには、誰《だれ》かの技をそのまま一寸の狂いもなく再現するだけでは限界があるのも理解できる。

手の甲に触れる、ルルの冷たい指。その指から、なにかが伝わってくるような気がする。

——わたしは、想像していたの？　無意識に。

そうやって自分は、今まで作っていたのだろうか。にわかには信じられないが、アンは必死に、自分の手元を見つめる。そこに作りたい蔓薔薇の花の大きさ、丸み。花びらの曲線と、開き具合。

「どんな大きさだ？　アン。曲線は？」

ルルの人差し指が、アンの両掌の間に蔓薔薇の輪郭《りんかく》を描く。その指の軌跡《きせき》に導かれるように、アンの頭の中に形が浮かび、目の前の掌と重なる。

——これが、想像すること。

「わかるか？　アン」

「……わかります」

胸に、震《ふる》えるほどの嬉《うれ》しさがこみあげる。形にできる、と。確信めいたものがわきあがる。

ふっと、笑ったルルの吐息《といき》がアンの耳に触れる。

「作りたまえ」

ルルは言うと、すいとアンから離《はな》れる。そして再び椅子《いす》に座ると、銀砂糖の樽に両腕《りょううで》をかけてもたれかかり、ことりと頭をつける。アンの背中を見守るように、じっと見つめた。

アンの指先が動きはじめた。

目の前に並んだ五つの色の、妖精《ようせい》の羽のような花びらをつまみ、蔓薔薇の芯に追加していく。

――大きさ。一枚一枚の、蔓薔薇の花びら。曲線。

見失いそうになると、ふっと息をつき、砂糖菓子を見つめ、そこに頭の中で描く蔓薔薇を映す。現実の砂糖菓子と同じ大きさに重なると、次にするべきことがわかった。

――根元の曲線が、足りない。

――次の花びらの位置は、右側。

――色は、薄いピンク。

作れる悦《よろこ》びがわきあがる。

エリオットとの、気が遠くなるような単調な技術の繰《く》り返し。そしてそれがあったからこそ、目と思考と指をつなげて、ヒューの動きについていけた。

的確に、正確に。間違《まちが》いなく、ぶれがなく。技術を手に入れようとした。

そしてやっと、砂糖菓子が形になる。最終的に必要なのは、技術だけではない。その上にさらに必要なのは、形にするための想像。あやふやではなく、まるで自分の掌の中にあるもののように想像すること。

大きな作品を想像するのは、まだ、骨が折れそうだ。部分的な形は緻密《ちみつ》に想像できそうだが、それが複雑に絡み合った大作になると、すべてのバランスをとって想像できるだろうかと、不安が残る。

──だけど、いまはこれで充分《じゅうぶん》。

アンが今作りたいのは、たった一輪の蔓薔薇《つるばら》。しかも。

──手に取れるものではないと、駄目《だめ》。

形を想像し、蔓薔薇の花の形が鮮《あざ》やかになるにつれ、そこに込める祈《いの》りも鮮やかになってくる。

──この蔓薔薇を手に取る人のために。妖精の羽のようにつやつやで、薄くて、もろそうな花びらで作る、王家の印の蔓薔薇の花。この花は、手に取られなければ意味がない。

ほっと、息をついた。

アンの掌《てのひら》の上には、蔓薔薇が一輪出現した。

光に透《す》けるほど薄い花弁は、薄青、薄紫、白。緑に薄ピンク。花びらが、妖精の気分で変わる羽の色のようにグラデーションになり、高貴な蔓薔薇を形作る。

ルルが、ふと微笑《びしょう》する。

ぼんやりと、できあがった蔓薔薇の花を見おろすアンの傍《かたわ》らに、ヒューが袖《そで》をなおし、上衣《うわぎ》を手にして近づいてきた。

「これを、シャルに渡《わた》したいんだろう？　俺が、今から陛下のもとへ向かう」

問われて、アンははっとして顔をあげた。首を振る。

「ううん。違う。ヒュー」

「なにが違うんだ？」

「これは……」

その時。

「マーキュリー」

低く威厳《いげん》のある声が、突然階段あたりから聞こえた。全員が全員、その人物が階段を上がってきたことに気がついていなかったので、ぎょっとなる。そこに姿を現したのは、かつての銀砂糖子爵《ししゃく》の後見人であるダウニング伯爵《はくしゃく》だ。皺《しわ》深い目元も、年老いてなお武人らしいがっちりとした体つきも、なにもかも隠居《いんきょ》前と変わらない。

「伯爵？」

驚《おどろ》きつつも、ヒューは腰《こし》を折る。しかしすぐに顔をあげ、

「いかがなさいました。かような場所に」

と訊《き》いた。するとダウニングは真っ直《す》ぐ、ヒューとアンのところまでやって来た。

「マルグリット王妃《おうひ》様が、ことの成り行きを案じられ、わしに連絡《れんらく》を下された。わしは長きにわたり銀砂糖子爵後見人を務めていたから、なにか策はあろうかとな。しかし、妖精王は既《すで》に、陛下と対面したか……。砂糖菓子《がし》が消えることだけは、避《さ》けねばならんが……」

思わず、無礼を承知でアンは問いかけた。

「ダウニング伯爵様！　陛下は、いかがなさるでしょうか!?」

すると、ダウニングは眉間《みけん》の皺をさらに深くする。

「陛下は、寛大《かんだい》だ。しかしわしがおそばにおらぬ今は、すべてのことにコレット公爵《こうしゃく》の意が、陛下の意志決定に影響《えいきょう》をおよぼすであろうな。妖精王の要求にもよるだろうが、簡単に事が運ぶとは思えぬ」

「伯爵様。シャル……妖精王は、けして簡単に妖精の握《にぎ》っている秘密を明かしません！　なんとしてもお互《たが》いが折り合いをつけなければ、妖精王は命を落とし、人間は永久に砂糖菓子を失いかねません！　それは国王陛下にとっても損失です！　陛下にお伝えください！」

ダウニング伯爵は、つと眉《まゆ》をひそめる。

「わしは隠居の身。もはや陛下に意見することはせぬ」

「砂糖菓子の幸福なしに、陛下の国はどうなりますか!?　王国の安定が揺《ゆ》らぐ可能性があります！　伯爵様はそれを望まれますか!?」

「望みはせぬ。しかし、意見はできぬ」

「意見は必要ありません！」

「意見もせず、なにができると言うのだ、ハルフォード」

「これを！」

アンは、今、自分が作り上げた砂糖菓子をダウニングの目の前に突《つ》き出した。

「これは二人の王に幸福を招くために作った、砂糖菓子です」

「これを、どうしろと」

「これを捧《ささ》げてください！　そして訊いてください！」

「そなたは、誰になにを問えと……」

アンの言葉に、ダウニングはしばし戸惑《とまど》ったように沈黙《ちんもく》した。ヒューも難しい顔をしていたが、すぐに、はっとなにかに気がついたらしく表情を変える。そして、

「伯爵様」

呼ぶと、ダウニングの耳元に何事かを耳打ちした。すると、ダウニングがさらに難しい顔をするが、ゆっくりと頷《うなず》く。

「なるほど。問え、と」

「はい」

頷くアンに、ダウニングは静かに答えた。

「よかろう。やってみよう」

そしてアンの掌から、妖精の羽で作られたような高貴な王家の蔓薔薇を取りあげて、片掌の上にそっと載《の》せる。

「おまえも来い、マーキュリー」

命じると、さっと身をひるがえした。ヒューも早足に、伯爵の後を追う。

アンもいてもたってもいられずに、二人の背中を塔《とう》の出入り口まで追って出た。塔の出入り口に立つと、二人の姿は既に遠く、第一の天守の中に吸い込まれて消えた。

アンは急に力が抜《ぬ》け、その場にへなへなと座りこんだ。塔の出入り口の石段に腰掛《こしか》けて、両手を組み合わせそこに額をつけ、目を閉じる。

しばらくすると、さらりと背後から衣擦《きぬず》れの音が聞こえる。ルルが重い体を引きずって、アンの傍らにやって来たらしい。しかし不安で不安で、目を開けて顔をあげてしまえば自分の祈りが途切《とぎ》れるような気がして動けなかった。

ルルが、となりに腰掛けたのを気配で感じる。すると妖精《ようせい》の冷たい腕《うで》が、そっとアンの肩《かた》と頭を抱《かか》え込むようにしてくれた。

「砂糖菓子は、幸福を招く。それは確かなこと。職人の君は、それを信じたまえ」

その言葉に、アンは微《かす》かに頷く。

――砂糖菓子。ちっちゃな砂糖菓子。お願い。幸福を運んで。二人の王のもとへ。

周囲を固めた兵士たちを、シャルは一顧《いっこ》だにしなかった。部屋に入ってきたとき、続きの間に潜《ひそ》む複数の殺気には気がついていた。人間王がその程度の備えをしているだろうことは、予想の範疇《はんちゅう》だ。

「陛下を謀《たばか》る不埒《ふらち》者に、交渉《こうしょう》の権利などない。知っていることを話せ。そうすれば、命だけは助けよう」

静かなコレットの命令の声に、シャルは鋭《するど》い目を向けた。

「黙《だま》れ。人間王の臣。俺は人間王と話をするためにきた」

シャルはひたと、エドモンド二世に瞳《ひとみ》をすえる。

「俺を殺したいならば、殺すがいい。人間の王。だがそうなれば砂糖菓子は永久に失われる。そして俺の他《ほか》にもう二人、この世に残る妖精王が人間王を脅《おびや》かす。コレットからの報告で、知っているのだろう？　残り二人の妖精王。その中の一人は、人間を憎《にく》み、人間に反旗をひるがえそうと画策したことがあると」

「余は、王国の安定を望む。妖精王。妖精が人間と戦うというのならば、我々にも考えがある」

「臣の言葉に混乱しないで欲しい、人間王。俺は、戦いたいと言っているのではない」

辛抱強《しんぼうづよ》く、シャルは続けた。

「妖精と人間は、同等。その誓約《せいやく》がなされたとしても、妖精は人間と戦うつもりはない。この世界が間違《まちが》っているのは、そのとおりだ。だが前にも言った。間違っているからといって、五百年間続いてきたものを一気に覆《くつがえ》せるとは思っていない」

エドモンド二世は眉をひそめ、シャルの表情を見つめている。彼の言葉一つ一つが、嘘偽《うそいつわ》りでないか、確認《かくにん》しようと用心深く探《さぐ》っている。

「俺たちは、ゆっくりと、人間との境目をとかして、ともに歩む道を探りたい。だから最後の銀砂糖妖精は、妖精たちが職人として仕事を覚えることを望んだ。人間の中で居場所をみつけ、必要な存在になり、いつかとけあう。五百年かかっても、しかたない。それを覚悟《かくご》で、妖精市場へ帰った妖精たちもいる。そうやってとけあうために、妖精は人間と同じだと、人間が理解することが必要だ。だが、異を唱える者が必ず現れる。その時に、人間王の誓約は効力を発揮する。王が、認めていると。とけあうことに異を唱えるものに、示すことができる。これが正しい方向だと」

十五の鏃《やじり》の先端《せんたん》は、微動《びどう》だにせずにシャルに狙《ねら》いをつけ続ける。彼らは矢を放てないはずだと、冷静に考える。だがしかし、確証はない。

「もし人間王が妖精と人間は同等であると誓約するならば、俺は妖精王の一人として、三人の妖精王の意志を統一する。人間ととけあうように、時間をかけて、ゆっくりと共存を探る方向になな」


「どうやって統一をする」

「話し合う。もし聞き入れられない場合は、その妖精王を斬《き》る」

「どうやって、その言葉を信じろと？」

「俺は、前回の誓約を守り続けている。それを信頼《しんらい》の糧《かて》とできないか」

「前回は守ったから、今回も守るとは限らぬな」

　ふっと、シャルが立ちあがった。その瞬間《しゅんかん》、緊張《きんちょう》に張りつめていた兵士の一人が、

「動くな！」

　叫《さけ》ぶと同時に矢を放った。短い風切り音が飛来し、衝撃《しょうげき》が右脇腹《みぎわきばら》に突き立った。思わず呻《うめ》き、よろめいた。

「控《ひか》えよ！」

　焦《あせ》ったようにエドモンド二世が叫び立ちあがる。

「も、もうしわけありません！」

　矢を放った兵士が慌《あわ》てふためき、数歩後じさる。

「余の命令なく、矢を放つことはならぬ！」

　そう命じたエドモンド二世も、焦ったようにシャルの方に視線を向ける。シャルに向けて一

歩踏《ふ》み出しそうな気配を見せたが、しかし、そこに踏みとどまる。警戒心《けいかいしん》のためか、それ以上近寄って来ない。

――深い……。

脇腹《わきばら》に突き立った矢の傷口を見おろし奥歯を噛《か》みしめ、シャルは椅子《いす》の背に手をついて体を支えた。こんな状態で矢を抜けば、傷から一気にエネルギーがほとばしり出そうだ。すぐに動けなくなる。せめて砂糖菓子《がし》なりともそばにないことには、矢を抜くことはできない。

姿勢を正して立とうとするが、痛みが強く、眉をひそめた。

――砂糖菓子が消え、妖精の未来は変わらないか？

ふと、そんな思いが脳裏《のうり》をよぎる。

エドモンド二世はシャルの様子に呆然《ぼうぜん》とし、目を見開いているが、近寄っては来ない。用心深い王だ。このまま彼は用心を重ね、家臣の言葉に従う可能性が強い。

シルバーウェストル城で、二度目に相まみえた人間王との間には、わずかばかりの信頼の糸を確かに感じていた。けれど今は、それが見えない。

――信頼の糸は切られたか。

絶望感が胸に走る。

――アン。

逃《に》げ出せばいいのかもしれないと思った。愛《いと》しい者とともに過ごす未来だけを望み、最初の砂糖林檎の場所を人間たちに告げ、あとは知らぬと、過ごしてしまえばいいのかもしれない。

だがシャルがそうしたとき、アンはどれほど哀《かな》しそうな顔をするか。

砂糖菓子があり続けることには満足しても、そのかわりに妖精たちの思いがすべて無駄《むだ》になると知った瞬間、彼女は泣くだろう。

泣かせたくなかった。

彼女を泣かせることなく、ずっと守り通したいのだ。

シャルの王たる責任は、アンを喜ばすためでもあるらしい。それに気がついて、おかしくなる。

――かかし頭の小娘《こむすめ》のために、俺はすべてをかけている。不思議なものだ、誰《だれ》かを愛おしむ思いは……。

すこし、気が遠くなりかける。

「妖精王。最初の砂糖林檎の木は、どこにある？」

エドモンド二世が、探るように問う。シャルは苦笑《くしょう》する。

「教えられない」

「その傷は、そのままでは命が危《あや》うい。今ならば砂糖菓子を準備し、命を助けよう。そのかわりに、最初の砂糖林檎の木の場所を教えて欲しい」

「教えることは……できない」

「妖精王⁉　死ぬつもりか⁉」

「死ぬつもりはない。だが、……誓約なしに、教えられない……」

視界が霞《かす》む。

――用心深い人間王。臆病《おくびょう》な、王。しかし臆病でなければ、生き残れないのも確か。だがこの臆病な王を決断させるほどの信頼は、どうすれば得られる……？

様々な可能性が、乱れるシャルの思考の中に乱舞《らんぶ》する。

――どうするべきだ……？

エドモンド二世の唇《くちびる》が、言葉を探すように震《ふる》える。彼も、どうすることが最良なのか、判断がつかずに混乱しているのだろう。

コレットが、一歩進み出てエドモンド二世の傍《かたわ》らに近寄る。

「陛下。この状況《じょうきょう》では、妖精《ようせい》王は恨《うら》みを深くするばかり。彼を亡《な》き者にし、砂糖菓子については別の方策を考えましょう。銀砂糖子爵《ししゃく》に命じて」

「陛下！」

突然《とつぜん》、廊下《ろうか》側出入り口が開いた。そこに踏みこんできたのは、背後に銀砂糖子爵を従えた、老臣ダウニング伯爵《はくしゃく》だった。

「伯爵？」

コレットが訝《いぶか》しげに首を傾《かし》げるのもかまわず、ダウニングは兵士たちに向かって一喝《いっかつ》した。

「矢を下げよ！　王の居室で弓に矢をつがえるとは何事か！」

　武人らしい命令の声に、すぐさま兵士たちは反応して矢を下ろす。しかしコレットが、声をあげる。

「そのまま矢を下ろすな！　ダウニング伯爵、兵士たちはわたしの命で矢を構えていますぞ！」

「陛下の御前《ごぜん》を汚《けが》すことは、まかりならぬコレット公爵《こうしやく》！」

「状況次第《しだい》でしょう！」

　きりっと視線が絡《から》み合う二人に兵士たちは戸惑《とまど》い、弓に矢をつがえたままではあるが、鏃は床《ゆか》に向ける。

「何をしに参った、ダウニング。そちはもう、隠居《いんきょ》の身であろう」

　エドモンド二世もようやく驚愕《きょうがく》から冷めたらしく、問うた。するとダウニングは真っ直《す》ぐ、国王エドモンド二世とシャル、二人の方へ向かった。そしてちょうど手を伸《の》ばせば届きそうな、二人の中間あたりで立ち止まる。

　シャルとエドモンド二世は、ダウニングを挟《はさ》んで対峙《たいじ》する格好になる。

「献上品《けんじょう》を預かったので、参上したまでのことでございます。このような場であるとは、存じ上げなかったゆえに失礼を」

「それならば後にしていただこう、ダウニング伯爵」

突然ダウニングが、なんの意図を持ってやってきたのか。あからさまに訝しげな表情をするコレットの言葉に、ダウニングは口元を歪《ゆが》めて笑った。

「申し訳ない、コレット公爵。今この場でしか献上できないものゆえ」

言うと、ダウニングは、背後に従う銀砂糖子爵ヒュー・マーキュリーに目配せした。するとヒューは、伯爵の手に砂糖菓子の蔓薔薇《つるばら》の花を一輪手渡《てわた》した。

「砂糖菓子が消えることを危惧《きぐ》する銀砂糖師が作り、王の幸福を願って、王に献上したいとわしに託《たく》したものでございます。さあ、お受け取りください。王」

言うとダウニングは、蔓薔薇の花を載《の》せた掌《てのひら》を差し出すようにして腕《うで》を伸ばす。しかしその視線は誰にも注がれず、不自然なほど真っ直ぐ窓の外を見ている。

ダウニングの様子を不可解そうに見つつも、エドモンド二世は砂糖菓子に手を伸ばしかける。しかしふっと、戸惑ったらしく動きを止める。そして、

「『王』とだけ言ったか?」

と、呟《つぶや》く。

「これは、妖精の羽を模して作られたものだ。ならば、妖精王の幸福を願って作られたものではないのか?　これを受け取るべきは、妖精王」

言われて、シャルは視線をあげた。

――……アン。

その蔓薔薇の花が誰の手で作られたものなのか、シャルにはよく分かった。彼女の思いが形になって、この蔓薔薇を作りあげた。アンが今この時も、祈《いの》り続けている事を感じる。手を伸ばそうとしたが、ふと、止まる。

「これは、蔓薔薇だ……」

朦朧《もうろう》としながらも、しっかりと意識を保とうとした。アンがこの砂糖菓子を、ここへ送り込んだ意味を考えようとした。シャルの幸福だけを願って、闇雲《やみくも》に、こんなところまで砂糖菓子を送ってよこすようなことは彼女はしないはずだ。ダウニングにしても、そんな個人的な願いをききいれ、こんなところまで砂糖菓子を運ぶはずはない。

ならば、なんのために。

「蔓薔薇は、人間王の……印。人間王の幸福のために作られたもの……」

息苦しかったが、なんとか言えた。そして顔をあげてエドモンド二世を見やると、彼もまた、戸惑ったようにシャルを見ていた。

お互いに、これはどちらが捧《ささ》げられたものかと、困惑《こんわく》している。

「おとりください。この砂糖菓子を。王よ」

穏《おだ》やかに、しかし強く促《うなが》すダウニングの声。ダウニングの目は、頑《かたく》なに二人の王のどちらにも向けられない。彼の視線から、これがどちらの王へ捧げられたものなのかは、判断できない。

エドモンド二世はシャルに目配せした。しかしシャルもまた、彼に目配せを返す。

この砂糖菓子が、どちらのものか。譲《ゆず》り合って奪《うば》い合っても、誰の手にも入らない。砂糖菓子は、妖精王の羽で作られたかのような、人間王の印である蔓薔薇。どちらのものとも言えない、しかしどちらのものであるとも言えるもの。

ダウニングは、取れと促す。そして「王」と問いかけている。どちらの「王」に向かって促しているのか、明言しない。

――その意味……。

これは、たった一つの砂糖菓子。双方《そうほう》の王に捧げられ、双方の幸福を願うもの。

これは、双方の王への問い。この存在に対して、王としてどう振《ふ》る舞《ま》うか、と。

その小さな砂糖菓子が周囲に明るく輝《かがや》くなにかを放ち、見えなかったものを見えるものへと変えていく。

双方の王の戸惑い。それは、

――細い、糸。

ふいに感じる。いったん途切《とぎ》れたと思っていた細い糸は、まだ繫《つな》がっている。そのわずかな、しかし確かな感覚。

再び、シャルとエドモンド二世の視線が交わる。そしてエドモンド二世は軽く目を伏《ふ》せ、呟く。

「職人とは、単純なものなのだな……。砂糖菓子が欲しければ、折り合いをつけるよりほかにない……。そういうことか」

苦笑《くしよう》混じりに、エドモンド二世がつっと一歩、歩を進めた。彼はダウニング伯爵の差し出す砂糖菓子の前をすり抜《ぬ》け、椅子《いす》の背にすがるようにして立つシャルに近づく。

「陛下！」

コレットが焦《あせ》ったように呼ぶが、エドモンド二世は心配するなと言うように頷《うなず》き、シャルに近寄る。

「妖精王。あなたは、誓《ちか》うか？　余が誓約《せいやく》をすれば、妖精王の意志を統一し、けして人間と戦う道は選ばぬと」

「人間は、疑《うたぐ》り深い……」

シャルは答えた。

――リゼルバと同じ轍《てつ》を、俺は踏《ふ》まない。踏むわけにはいかない。

その思いが、強い覚悟《かくご》を促した。苦しい息をしながらも、自分の懐《ふところ》を探《さぐ》る。そして摑《つか》みだしたのは、己《おのれ》の片羽をしまった革《かわ》の袋《ふくろ》だった。それをエドモンド二世に差し出す。

「人間王の奴隷《どれい》になるわけではない。もしこれを引き裂《さ》いて俺を殺したいならば、好きにすればいい。砂糖菓子が永久に失われ、残った妖精王たちが人間にあだなすだけだ。この羽を痛めつけたいならば、痛めつけろ。だが命が消えても、俺はけして妖精の秘密は口にしない。これを渡《わた》すのはただ、信頼《しんらい》を得るためだ」

命と等しいものを差し出され、エドモンド二世は絶句してその袋を見つめる。

「俺の信頼にこたえるならば、これを取れ。妖精と人間は等しいと誓約することを誓い、これを取れ。そうすれば俺は最初の銀砂糖を持ち帰り、妖精王の意志を統一する」

「命を差し出すのか？」

「俺が望む誓約は、軽いものではないと知っている。だからだ……」

限界だった。シャルは自分の体が傾いだのを感じる。手から袋の紐《ひも》が滑《すべ》り落ち、膝《ひざ》が崩《くず》れた。

「妖精王!?」

滑り落ちた袋ごと、シャルの体を支えたのはエドモンド二世の腕だった。

「誓約を……」

途切れ途切れ、なんとか声を絞《しぼ》り出す。それが限界で、ふっと力が抜ける。

——誓約を……。

その瞬間《しゅんかん》思い出したのは、恋人《こいびと》の笑顔《えがお》と、甘い髪《かみ》の香《かお》りだった。彼女を抱《だ》きしめたいと思いながら、意識は暗闇《くらやみ》に呑《の》まれた。


「アン！」

じっと座りこみ、アンは祈り続けていた。どのくらい時間がたったのか、風に夕暮れの冷たさが混じる頃《ころ》、突然《とつぜん》、第一の天守の方から呼ばれた。顔をあげると、ヒューが天守の出入り口から出て庭を横切り、こちらに駆《か》けてくるところだった。切迫《せっぱく》した彼の声と表情に、一気に不安が押し寄せる。ルルが、

「行きたまえ」

緊張《きんちょう》した声で囁《ささや》くと、そっと背を押してくれた。それに押し出されるように、アンは立ちあがると駆け出した。

「ヒュー、なにかあったの!?」

ヒューにぶつかりそうな勢いで駆け寄った。

「シャルが怪我《けが》をした！　来い！」

「怪我……!?」

一瞬《いっしゅん》、息が止まる。だがヒューはそんなアンの様子に頓着《とんちゃく》することなく、すぐにきびすを返して駆け出す。衝撃《しょうげき》を飲みくだす間もなく、アンはとにかくヒューに遅《おく》れまいと彼の後を追った。

——怪我？　なんで？　どういうこと？

頭の中がごちゃごちゃになり、不安で叫《さけ》び出したかった。しかし走り続けていたのでそんな余裕《よゆう》もなく、呼吸だけが荒《あら》くなる。三重になった城壁《じょうへき》を迂回《うかい》し、くぐり抜け、新しく綺麗《きれい》な第

に見える。

四の天守に辿《たど》り着く。どこへ連れて行かれるのかわからない。何段も階段をのぼらされ、一つの部屋の前に来た。樫《かし》作りの扉《とびら》が並ぶ。その並んだ扉の一つ。その周囲には兵士の姿がまばらに見える。


ヒューが扉を開ける。アンも彼と一緒《いっしょ》に、中に飛びこんだ。

部屋の中央に、会談のためらしい椅子やローテーブルが置かれている。それらが置かれた床《ゆか》の脇《わき》に、膝をつくダウニング伯爵《はくしゃく》とコレット公爵《こうしゃく》の後ろ姿があった。エドモンド二世も、信じられないことにその場に膝をついていた。彼らの背の向こうに見える、床に流れる羽はシャルのものだ。色をなくした透明《とうめい》な羽。それは、その妖精《ようせい》の力のなさを物語る。

「シャル！」

悲鳴をあげると、ダウニングとコレットが同時にふり返る。そしてアンに場所を空けるように、体を引いた。

シャルの上体を支えているのは、エドモンド二世だ。国王が自らそんな行為《こうい》におよんでいることに、普段《ふだん》ならば驚《おどろ》き、目を丸くしたはずだ。けれど力なく横たわるシャルの姿にばかり目を奪われ、アンは、そこにエドモンド二世がいることを認識《にんしき》しながらも、自分が国王を前にしてどう振る舞うべきか、まったく考えがおよばなかった。

「シャル……シャル!?　どうして、こんな!?」

膝をつくと、シャルの顔を覗《のぞ》きこむ。シャルの脇腹《わきばら》に矢が突き刺さり、そこからまばゆいほどの銀の光があふれている。あまりのまばゆさに、彼が負った怪我の大きさを知る。

「シャル……シャル……」

声が震《ふる》え涙《なみだ》があふれてきた。

「兵士の矢だ」

ヒューが、背後から告げる。

エドモンド二世が、アンに視線をすえる。

「妖精にとって意味のある形であればあるほど、砂糖菓子の力は強い。そなた銀砂糖師であろう。そなたならば、彼に力を与《あた》えるのに最も適した砂糖菓子がわかるはずだとマーキュリーは言っている。わかるか？　ハルフォード」

「蔓薔薇《つるばら》を！」

すがるように、アンは目の前のエドモンド二世に告げた。

「陛下、お願いです！　わたしが作った蔓薔薇をください！　シャルが今、この瞬間、最も望む形です！」

妖精と人間が、交わりとけあい、ともにこの王国で生きる命になること。シャルはそれを望んだからこそ、アンに背中を向けてここへ来た。

なによりも、強く、彼は望んでいる。それが自分のことのようによく分かる。

「ではこれを妖精王に」

ダウニングが、手にしていた蔓薔薇の砂糖菓子《がし》をアンに向かって差し出した。焦りながらそれを受け取り、アンは、その重みにぎくりとする。

──こんなに、重い？

自分が作った砂糖菓子だ。その重みは掌《てのひら》に残っており、よく分かっているつもりだった。けれどこの砂糖菓子は、先刻自分が手放したときよりも確実に重くなっている。

──どうして？

砂糖菓子の囁く声が、するりと胸の中に入りこんでくる。それが言葉の形になる前に、アンは強い視線を感じる。その視線の方に目をやると、エドモンド二世の薄青の瞳《ひとみ》がある。

──この砂糖菓子の役割と、そこにこめられた思い。わたしひとりの、思いだけじゃない。

それに気がつき、冷静になる。

真っ白い肌《はだ》の色をした、シャルの顔を見やる。長く濃い睫《まつげ》は、まるで死んだように動かない。けれど彼が今、一番なにを求めているかを悟《さと》る。それは単純に、漫然《まんぜん》と生きることや、恋人からの愛だけではないはずだ。

シャルがこの瞬間、一番望むもの。

「陛下」

アンは、ようやく自分の醜態《しゅうたい》を自覚した。

一歩分、体を引いて膝で背後に下がると、手にある砂糖菓子を両手で差し出して頭《こうべ》を垂れた。

「陛下の意志にお任せいたします」

背後にいたヒューが息を呑み、ダウニングとコレットが、ともに緊張したのが気配で伝わる。エドモンド二世は、しばし絶句した。探《さぐ》るような視線を感じる。

――シャル。これで、いいよね？

うつむきながら、心の中で問いかける。

命を救うために、手ずから砂糖菓子を捧《ささ》げる。相手に対して無慈悲《むじひ》であれば、おそらくそんな行為はできない。アンはそれを確かめたかった。

エドモンド二世は、シャルに対してなにを思っているのか。人間王と妖精王の間に、わずかなりとも信頼《しんらい》は存在するのか、を。

なぜシャルがこんな状態になってしまったのか、アンにはわからない。けれど良い状況《じょうきょう》でないのは確か。この瞬間、エドモンド二世に、妖精王に対して好意的ななんらかの覚悟《かくご》や意志決定がなければ、シャルが命をながらえたとしても彼の先行きは絶望的だ。おそらく捕《と》らえられ、屈辱《くつじょく》的な扱《あつか》いを受け、苦しめられる。

妖精王たる彼に、そんな苦痛を味わわせたくない。それくらいならば誇《ほこ》り高く美しい彼にふさわしく、この場で事切れた方がよほどいい。

しかし。

――シャルがいなくなったら、わたしは……寂《さび》しくて苦しくて……どうなるかわからない……

…。

そう思うのに、無様に、彼を生きながらえさせるだけにはしたくない。

混乱の極《きわ》みだった。だがアンに「人間という種族を裏切れるか」とさえ問うたシャルの思いを、できるだけ大切にしたかった。

彼は妖精王だ。

「陛下の、意のままに」

繰《く》り返し、アンは唇《くちびる》を噛《か》む。膝《ひざ》のあたりにまで、シャルの体からあふれる銀の光が流れてくる。本当は今すぐにこの砂糖菓子を、彼にあげたいのにそれができない。悲鳴をあげそうなほどに苦しい。涙が、膝に落ちる。

掌のくぼみにある砂糖菓子が、重い。願いの重さ、シャルの命の重さ。腕《うで》が痛いほどに怠《だる》い。

――なんて重さ……。

次々と、涙がこぼれる。シャルの命が消えようとしているのに、それを救う術《すべ》を自ら他人にゆだねようとしている苦痛が棘《とげ》のように、体中の血液を伝って指先までも震わせる。

人間と妖精。寿命《じゅみょう》の違《ちが》う二人が寄り添《そ》えば、いつかこんな瞬間《しゅんかん》が来ることはわかりきっていた。けれどその時は、アンが見送られるものだとばかり思い込んでいた。よもや自分が、置いて逝《い》かれるとは、思ってもみなかった。

もしアンがシャルを置いて逝くときが来たら、シャルは今のアンのように息もままならないほどに苦しむ。それはこれほどに苦しいのだと、体に刻みつけられるようにして知る。

どちらが、先か。そんなことは人間と妖精の寿命の長さに関係なく、誰《だれ》にもわからない。それをこの瞬間、嫌《いや》というほど理解する。だからこそ、もしできるならば、二人とも目を開き呼吸している間だけでも、片時も離《はな》れることなく一緒にいたい。叫びたいほどに、そう思う。

──できるなら……。できるなら……。

それは祈《いの》りというよりも、嗚咽《おえつ》だった。

──できるなら……。

ふっと、掌が軽くなった。

顔をあげると、エドモンド二世の右手に、蔓薔薇の砂糖菓子がうつっていた。彼はその砂糖菓子を、床《ゆか》の上に投げ出されていたシャルの掌の上に置いた。片腕《かたうで》でシャルを支えたまま、エドモンド二世の右手は、シャルの掌に柔《やわ》らかく重なった。握手《あくしゅ》を交《か》わすようだった。

「誓約《せいやく》をなすために、生きていただこう。妖精王《ようせいおう》」

静かに、エドモンド二世が呟《つぶや》く。

──誓約？

それがなんの誓約なのか、その内容はアンにはわからなかった。しかし大切なものであることだけは、国王の言葉の調子からわかる。

重なった王の掌の隙間《すきま》から、金の光があふれ出してくる。その柔らかな光に圧倒《あっとう》されるように、シャルの体から流れ出ている銀の光が急に弱まる。そして彼の脇腹に突き刺さっていた矢が、じりじりと内側から押しあげられはじめた。

アンの傍《かたわ》らに膝をついていたコレットが、諦《あきら》めたような深いため息をついたのが聞こえた。そして、

「陛下……」

と、わずかに非難の響《ひび》きが混じる声で呼ぶ。エドモンド二世はコレットに視線を移し、厳しい目で告げた。

「自らの心臓を差し出し信頼を求める者に、信頼で応《こた》えられぬ者が王たる資格はない」

ふっと、ダウニングが微笑《びしょう》した。

「陛下のご決断であらせられるならば。それが、最善かと」

シャルの体に突き刺さっていた矢が体から押し出され、ついには、からりと床に落ちた。エドモンド二世とシャルの、重ねられた掌からこぼれていた金の光が徐々《じょじょ》に弱まる。そして消える。エドモンド二世が掌を離すと、そこにあった砂糖菓子は消えていた。シャルの体から流れ出ていた銀の光も消えている。

「まだ、完璧《かんぺき》に回復したわけではあるまい。もうすこし、砂糖菓子を用意させよう」

エドモンド二世は、半ば呆然《ぼうぜん》としているアンに向かって微笑《ほほえ》んだ。

「ハルフォード。妖精王を、そなたの膝に預けてかまわぬか？　余は、やらねばならぬことが

ある」

「は、はい。……陛下」

アンがシャルの方へにじり寄ると、エドモンド二世はシャルの頭をアンの膝に載《の》せるようにして腕を放した。そしてすらりと立ちあがり、

「マーキュリー。妖精王の休む部屋を用意するように侍従《じじゅう》に命じろ」

と、命じた。ヒューははっと頭をさげると、すぐさま部屋を出る。それを見送ると、次にダウニングに目を向ける。

「ダウニング。隠居《いんきょ》の身では退屈《たいくつ》であろう。ゆっくりと滞在《たいざい》してゆけ。ただし、余はこれから忙《いそが》しくなるから、そなたの話し相手にはなってやれぬがな」

「ありがたきお言葉です」

ダウニングが跪《ひざまず》いたまま頭をさげると、エドモンド二世は軽く頷《うなず》く。そして最後に、コレットに目を向けた。

「コレット。ともに来るのだ。誓約書をすぐさま作成し、妖精王が目覚めるのと同時に、誓約を交わす。そして妖精王に、最初の銀砂糖を人間の手に渡《わた》してくださるようにと請《こ》い、妖精王にその意志統一もお願いする」

「承知いたしました」

不服そうな目の色ながらも、国王の確固たる意志に宰相《さいしょう》が逆らえるはずはない。コレットが

立ちあがり、歩き出したエドモンド二世に従った。

国王と宰相が部屋を出ると、急に部屋の中が静かになった。ダウニングが、ゆっくりとたちあがり、アンの肩《かた》にそっと触《ふ》れた。

「しばらく待っておれ、ハルフォード。妖精王の休む場所が準備できれば、マーキュリーが知らせに来るであろう」

それだけ言うと、きびすを返して出入り口に向かって歩き出す。ぼんやりしていたアンは、その力強い足音にはっとした。ふり返り、呼んだ。

「ダウニング伯爵《はくしやく》様！」

出入り口近くで、ダウニングは立ち止まりふり返った。

「ありがとうございます。砂糖菓子《がし》を、届けていただいて」

すると、隠居の身でありながら、いぜん王国を愛するであろう老人はふっと笑う。

「陛下と、王国のためになると思えばこそだ」

それだけ言うと、部屋を出ていった。

シャルとアン。二人だけ、ぽつりと部屋に残された。膝のうえにあるシャルの重みが愛《いと》おしくて、アンは思わず身をかがめて、ぎゅっとシャルの頭を抱《かか》えて頬《ほお》を寄せた。

そこに重さがあることが、嬉《うれ》しい。妖精は死ぬと体が消えてしまう。重さがあるということは、彼が生きている証《あかし》だ。

「……シャル」

呟くと、また涙《なみだ》があふれそうになる。

「ねぇ。国王陛下は、誓約してくれるって。だからシャルは、最初の銀砂糖を取りに行くのよね?」

答えはない。わかっていながらも、声に出して確かめずにはいられなかった。

「わたしも行くから。一緒《いっしょ》に行くから。だってわたしがいないと、シャルは銀砂糖の精製なんかできないものね。わたしが、最初の銀砂糖を精製するから。だから……だから早く目を覚まして。わたし、不安でたまらないから」

だだっ子のようだと思ったが、言わずにはいられなかった。

「シャル……ねぇ。誓約は、成ったね。よかったね」

その時だった。床に流れていたシャルの羽に、緑がかった光がさっときらめき広がった。はっとして体を起こすと、シャルの睫《まつげ》が震《ふる》えた。

「シャル!? 聞こえてる!? 気がついた!? ねぇ、国王陛下はシャルと誓約を交わしてくれるって約束したのよ!」

ふっと、シャルの目が開いた。嬉しさに笑顔《えがお》になった瞬間、シャルの目が意地悪く笑った。

意外なほどしっかりした瞳《ひとみ》の輝《かがや》きにびっくりする間もなく、腕を強く引かれた。

シャルはいきなり上体を起こし、アンの両肩《りょうかた》を掴《つか》むと引き倒《たお》した。アンの体は、床に横になったシャルの胸の上に倒れこんでいた。顔をあげると、すぐ近くにシャルの顔がある。黒い瞳が、倒れこんだアンを見つめて微笑んでいる。

「……シャル？」

「誰かさんの声がうるさくて、眠《ねむ》っていられんな」

「気がついたの？」

「今、な」

アンの肩を握《にぎ》っていた手を放し、シャルの掌《てのひら》は愛しげにアンの頭を撫《な》でる。

「よかった……もしかしたら。このまま、ずっと気がつかないかもって……」

「俺も、すこしな」

一瞬《いっしゅん》体を起こしたものの、またこうやって床に寝《ね》そべっているのは、体がつらいからだろう。声にも力がない。だが意識ははっきりしているようだ。

「誓約は、なったか？」

「国王陛下は、シャルと誓約を交わすって言ってた。なんの誓約かは、わからないけれど」

「そうか」

満足げに、シャルはかるく目を閉じた。

「シャルは、最初の銀砂糖を手に入れるために行くんでしょう？　わたしも行くから。絶対、行くから」

告げると、シャルは苦笑いした。

「一緒に行けないと……思っていた」

「行くって、わたし言った」

言い張るアンに苦笑して、シャルは瞼《まぶた》を開く。その瞳に、からかうような色がある。

「いつになく強気だな。それなら、おめでとうのキスくらいはしてくれるか？」

問われて、涙目のアンはそれでも真っ赤になる。

「こんな時に。そんな、わたしに？　そんな……」

と口ごもっていると、頭を引き寄せられて唇《くちびる》が重なった。この前と同じように、長い深い口づけを受ける。けれどまだ気持ちが乱れた余韻《よいん》が強く、こうやってシャルが目覚めたことが嬉しくて、安心して、されるがままになっていた。

唇を離《はな》すと、ふっと、シャルが笑った。

「訊《き》いていいか？」

「なに？」

「なぜキスの回数を数える？」

こんな時に、そんなどうでもいいことを質問されることで、気が抜《ぬ》けるやら、恥《は》ずかしいやら。アンはちょっと口をぱくぱくさせたが、シャルがじっと答えを待つ様子なので考え直した。本当に、シャルはそのことが不思議でたまらないのかもしれない。

「なんていうか、あの……」

口ごもりながら、アンは自分の気持ちをなんとか言葉にしてすくい取ろうとする。

「あの、ね。嬉しいことを数えると、そのぶん幸せになる気がする。うん、と。あれと同じ。誕生日を数えるみたいに。だから数えたくなる」

言うと、シャルはふっと笑った。

「これから先、数えるのは難しくなるはずだ」

「え?」

一瞬不安な顔をしたアンの頰を撫で、シャルは囁《ささや》く。

「おまえが数える気が失《う》せるほど、キスをする」

そして彼は再びアンの頭を引き寄せ、唇を重ねた。

二人には、これから向かわねばならない場所がある。そこになにが待っているのかは、わからない。だが今この瞬間《しゅんかん》は、純粋《じゅんすい》に、幸福だった。どちらかの息が止まる瞬間まで、けして離れまい。アンは強く強く、心に誓《ちか》った。

闇夜《やみよ》に眠るルイストンの街路を、一台の黒塗《くろぬ》り馬車がゆっくりと進んでいた。

明かりを灯《とも》して酔客《すいきゃく》が誘《いざな》う界隈《かいわい》からすこし離れると、街角は、秋の夜の冷えた静けさに支配される。御者《ぎょしゃ》が手綱《たづな》を引いて馬車を止めたのは、細い路地の手前だった。完全に車輪が止まると、馬車の中から静かな声が御者に命じる。

「ここで、すこし待て」

程《ほど》なくして、声の主が馬車のステップを踏《ふ》んで降りてくる。頭からすっぽりと濃紺のマントを被《かぶ》った男だった。星明かりさえも届かない細い路地に、彼は迷わず踏みこんでいく。

しばらく行くと、建物の出入り口らしき扉《とびら》の前に、小さな赤い光と、うずくまる影《かげ》が見えた。誰《だれ》かがそこにしゃがみこんで煙草《たばこ》を吹《ふ》かしているのだ。それは髭面《ひげづら》のがっちりとした体軀《たいく》の男で、歩み寄ってくる濃紺のマントの男に気がついたらしく顔をあげる。

「あんたが、連絡《れんらく》をよこしたお方ですか？　ご本人で？」

髭面の男が問うと、濃紺のマントが頷《うなず》く。

「証明できますかね？」

「あなたたちの長《おさ》とは、面識があります。直接会えば、本人か否《いな》かわかるでしょう」

「そう仰《おつしや》るならば、失礼ながら俺は、あなた様の後ろにつかせてもらいますぜ。妙《みよう》な動きをすれば、すぐにでも始末できるように」

煙草を石畳《いしだたみ》に投げ捨てながら、髭面は立ちあがる。

「かまいません」

返事を聞くと、髭面は自分が塞《ふさ》いでいた扉をノックした。

「ハリスです。入りますぜ」

そして返事も待たずに、扉を開く。濃紺のマントに向かって、入れというように顎《あご》をしゃくると、彼は促《うなが》されるままに髭面の前を通って中に踏みこんだ。

中は小さな部屋だ。長椅子《ながいす》が一つと、削《けず》りの荒《あら》い、粗末《そまつ》なテーブルが一つあるきり。テーブルの上にはランプが灯され、その明かりが、足を投げ出し、ナイフを手で弄《もてあそ》びながら長椅子に座る人物をうっすらと闇《やみ》に浮《う》かび上がらせている。

濡《ぬ》れた灰のような、暗い髪《かみ》色と瞳。黒の上衣《うわぎ》と灰色のズボンを身につけて、ほとんど闇に溶《と》けるかのような色彩《しきさい》に被《おお》われているのに、首にあるタイだけが鮮《あざ》やかな赤だ。闇に潜《ひそ》む獣《けもの》のような気配が、濃紺のマントの男を迎《むか》える。

「レジナルド・ストー」

濃紺のマントの男は長椅子に座る男の名を呼ぶ。すると、妖精《ようせい》商人ギルドの長レジナルドは、口元を歪《ゆが》めて笑う。

「このような場所に、お忍《しの》びでお越《こ》しとは。なんの御用《ごよう》でございましょうか？」

慇懃《いんぎん》に答えながらも、レジナルドは立つ気配も礼をとる気配もない。ナイフの刃《は》をつっと指で撫で、その感触《かんしょく》を楽しむように刃の鈍《にぶ》い輝きだけを眺《なが》めている。

「あなたと、取引に来ました」

その言葉に、レジナルドはほぉっと声をあげると、はじめて視線を向ける。

「我らのような下賤《げせん》な者と、取引ですか？　取引と言うからには、我々が持つものと、あなた様方が持つものを、対等な条件で交換《こうかん》するということですか」

「そうです」

「そちらの、持ちものは？」

「妖精商人が王家へ納める税率を、十五パーセントで手を打ちます」

「我々の要求は、十パーセント」

「現状では、二十パーセントが落としどころと、財務大臣は言っています。このままでは二十パーセント以下にはならない。だが、わたしが財務大臣を説得し、十五パーセントまで引き下げさせせましょう」

「なるほど。十五パーセント。それで手を打ってさしあげてもいいが、そのかわり現在、妖精市場をたてる許可をもらっている町に加えて、さらに十ばかりの町で許可をしていただかないと間尺に合いません」

「そちらは、わたしの権限で何とかします」

その答えに、にやりと笑ったレジナルドは腰《こし》にある革製《かわせい》の入れ物にナイフを戻《もど》した。そして両手を膝《ひざ》の前に組み、身を乗り出す。

「それで、そちらの欲しいものはなんでございますか？」

「夏の終わりに、銀砂糖師のアン・ハルフォードと連れの妖精が、あなたを訪問したはず。その後、彼等は仕事を離れ遠方へ旅に出た。ここでなんらかの情報を得た可能性がある。彼等が、どこへ向かったのか知っていますか？」

その問いに、レジナルドは眉根《まゆね》を寄せ、訝《いぶか》しげに濃紺のマントの男を見あげる。

「それが税率十五パーセントと、妖精市場拡大の許可にみあう情報ですか？」

「だとしたら、なんだと？」

レジナルドの目が細まる。

「王家は、なにやら問題を抱《かか》えておいでのようだ」

「それはあなたが知る必要のないこと。彼等の旅立った先を知っているかと、訊いているのです。レジナルド・ストー。このような好条件での手打ちは、本来ならば期待できませんよ」

「確かに、そうでしょうな。しかしその程度の情報ならば、あのお嬢《じょう》さんたちが仕事をしていたホリーリーフ城の連中が知っていそうなものですが」

「探《さぐ》りは入れましたが、詳細《しょうさい》を知る者が極端《きょくたん》に少ない。彼等のごく親しい者にしか、詳細は知らされていません。あそこをとりまとめている職人の青年に、わたしの配下が接触《せっしょく》してそれとなく聞き出そうとしましたが、どうも相手の勘《かん》が良すぎたらしい。怪《あや》しまれ、彼等のことについてははぐらかされました」

ホリーリーフ城は銀砂糖妖精の育成の場として、銀砂糖子爵《ししゃく》が用意した工房《こうぼう》だ。職人の工房というものは、おしなべて結束力が強いが、ことあの場所に関しては、特殊《とくしゅ》なだけに常よりもさらに強い結束があると思っていい。さらに妖精の工房という特殊な場所であるからこそ、外部に対しての警戒心《けいかいしん》も強いはず。さらには銀砂糖子爵が選《え》りすぐった人間が集められているとするならば、下手《へた》な探りを入れるとすぐに感づかれる。

「なるほど。それで、わたしのことを探り当て、取引に来たということですか」

「商人ならば、対価を支払《しはら》えば取引できるでしょう。警戒する相手を籠絡《ろうらく》するよりも、手っ取り早い。悠長《ゆうちょう》に構えている時間はないのです」

レジナルドはゆっくりと立ちあがり、部屋の隅《すみ》に丸めて置かれていた王国北部の詳細地図を手に取った。ナイフでつけられた傷がいくつもあるその地図を、相手に突《つ》き出す。

「交換と、いきましょう。あなた様も、わたしどもに渡《わた》すものを用意されていますか？」

「今は、準備していません」

「困りましたたな。我々は大切な取引で、掛《か》け売りはいたしませんよ」

「どうしろと？」

「そこに紙とペンがある。あなたの名で、先ほどの条件を約束するとしたためていただこう」

レジナルドの背後に控《ひか》えていた髭面の男が、レジナルドの目配せに応《こた》え、奥の物置らしい場所に姿を消す。彼はペンとインク壺《つぼ》、羊皮紙を手に戻ってくると、テーブルの上にそれらを置き、促すように濃紺のマントの方へ押しやる。

「商人というものは……」

不愉快《ふゆかい》げな呟《つぶや》きが漏《も》れた。

「これが流儀《りゅうぎ》です。お気に召《め》さないと仰るならば、ここは引きあげてもらって結構。交渉《こうしょう》はまた、王城でいたしましょう」

「致《いた》し方ないですね」

濃紺のマントはペンを手に取ると、インク壺にペン先を浸《ひた》した。羊皮紙の上に、すらすらとペン先を走らせる。

「これでいいでしょう」

差し出された羊皮紙を見つめ文面を確認《かくにん》すると、レジナルドはそれを受け取った。そして、

「では、これを」

と、地図を相手の手に渡す。

「ナイフで傷をつけた場所は、王城から逃走《とうそう》した妖精の足取りを示したもの」

「あの妖精のことですか？　あなたたちが、取引の条件として王城に持ち込んだ」

声には、驚《おどろ》きの響《ひび》きがあった。

「そのとおり。銀砂糖師と連れの妖精は、彼らを追うと言っていた。彼等の痕跡《こんせき》を追うように旅したに違《ちが》いない」

その言葉に、地図を受け取った相手は息を吞《の》み、思わずのように呟く。

「ギルム州の州兵からあがった情報は……。奴《やつ》らとともにいたという者どもが……彼等か……」

相手がなにやら確信めいたものを抱《いだ》いたらしいのを見て取ったのか、レジナルドは満足そうに口元を歪める。

「お役に立ちましたか？」

「……かなり」

地図を懐《ふところ》にしまい込むと、濃紺のマントはレジナルドに背を向けた。髭面《ひげづら》の男が扉《とびら》を開くと、男は背を丸めるようにして急いで出て行き、街路の闇の中に姿を消した。それを見送り、髭面の男は扉を閉めるとレジナルドに向き直った。

「驚きですね、ストーさん。たったあれだけの情報と引き替《か》えに、王家が譲歩《じょうほ》するとは」

「これが、王家の譲歩かどうかは怪しいがな」

くっくと笑いながら、レジナルドは羊皮紙を明かりにすかして眺める。

「どういうことですか？」

「なぜあの男がこんな夜更《よふ》けに供もなく、たった一人でやってきた？　公《おおやけ》にできないことをやるためだろう。となると、これは王家の意志ではなく、奴の個人の約束だ」

「そんなものが、あてにできるんですかね？」

頬髭《ほおひげ》を引っ張りながら、男は顔をしかめる。

「できるだろう。奴は水面下で動いて、段取りをして、すべて自分の都合がいいように仕立ててから、公の場でそれらしく意見をまとめていく。コレット公爵《こうしゃく》は、そういう手合いだ。政治家だ、根っからのな」

宰相《さいしょう》コレット公爵が、暗い路地を早足で遠ざかっていく足音が響いている。その足音は徐々《じょじょ》に遠くなり、程《ほど》なくして消える。

「コレットは、交渉で一番厄介《やっかい》な相手だったから、もうけものだ。一筋縄《ひとすじなわ》ではいかないと踏《ふ》んでいたから、わたしも手札を探していたんだが……。よもや、あのお嬢さんたちが手札になろうとは思ってもみなかった」

髭面の男はレジナルドの手にある羊皮紙を覗《のぞ》きこみ、眉尻《まゆじり》をさげる。ランプの明かりに照らされた流麗《りゅうれい》な文字に目を落とす。

「あの銀砂糖師のお嬢ちゃん、いったい、なにに巻きこまれているんでしょうかな」

「我々にはギルドの利益が第一。その他《ほか》のことがどうなろうが、かまわん。だがな……」

手にある羊皮紙を見おろしながらレジナルドは微笑《びしょう》し、しかし、わずかに気遣《きづか》わしげな色を目に宿しつつ呟いた。

「感謝するぞ、銀砂糖師のお嬢さん。死なない程度に頑張《がんば》ることを、祈《いの》っていてやる」

口づけの数

Number of kissing

「シャル。ごめんね、わたし眠《ねむ》くて。もう、寝《ね》るね」

部屋に運ばれてきた食事をとり終わると、アンはよろけるようにして口をすすぎに行き、その後ぼんやりした表情で衝立《ついたて》の陰《かげ》で寝間着に着替《きが》えた。そして今にも瞼《まぶた》を閉じそうにしながら、窓辺の椅子《いす》に座っていたシャルに声をかけてきた。

「せっかくの銀砂糖子爵《ししやく》の計らいだ。ゆっくり寝ろ」

「うん。そうする」

いびきをかいて、ベッドの中央で大の字になっているミスリル・リッド・ポッドをほんのちょっぴり移動させると、アンはベッドに這《は》い込んでいった。シャルは立ちあがり、テーブルの上に置いてあった蠟燭《ろうそく》を吹《ふ》き消した。揺《ゆ》らめくわずかな光が消えると、窓から射《さ》しこむ月光が意外なほど明るく床《ゆか》に落ちている。

アンはとても疲《つか》れているようだったが、無理もない。突然《とつぜん》の銀砂糖子爵からの呼び出しに応じ、急ぎウェストルまで来て明かされた銀砂糖の異変の事実。旅の疲れと国王との謁見《えつけん》の緊《きん》張《ちよう》もあいまって、経験の浅いアンは体力的にも精神的にもくたくたになっているはずだった。経験のある他《ほか》の職人たちでさえも、多少の差はあれ疲れていることに変わりはないだろう。

ヒュー・マーキュリーが初日の夜、職人たち全員に休めと命じたのは、的確な判断だ。シャルとて、相まみえたコレット公爵の言葉が頭から離《はな》れず、気持ちが波立ったまま。人間という生き物への嫌悪《けんお》を思い出したりもしたが、その嫌悪感をぬぐい去ってくれるのもまたアンという人間だ。

「すべては、明日か」

ため息混じりにひとりごちると、上衣《うわぎ》を脱《ぬ》いで椅子の背に放《ほう》った。

明日から、アンは銀砂糖の異変に対応するために、力を尽《つ》くさなくてはならない。そしてシャルもまた、妖精《ようせい》にとって必要なものを自分なりに考え、見つけ出さなくてはならないのだから、アンと同様早々に休むべきだ。

ベッドに近寄っていくと、ヘッドボードに張りつくようなおかしな格好で、ミスリルは大いびきをかいている。アンは横向きになって、わずかに体を丸めて眠っているが、堂々とベッドの真ん中にいる。安宿のベッドよりは格段に大きなベッドだ。だがアンが寝ている位置が微妙《びみょう》で、彼女の左右に半端《はんぱ》な隙間《すきま》が残っているのに、シャルが割り込むにはすこしばかり狭《せま》い。

いつもならば気を遣《つか》って、自分がソファーに寝ると言い出すアンが、そこまで気が回らないほどぼんやりしていたのだろう。一緒《いっしょ》のベッドを使うにしても、普段《ふだん》なら最低でも、シャルが寝られるように端《はじ》っこに寝ているのに、それもできなかったらしい。

仕方がないので毛布をめくって、アンの肩《かた》を向こう側に押す。するところりと半身を転がして、アンは真上を向いた。隙間にわずかに余裕《よゆう》ができたが、充分《じゅうぶん》ではない。

「……入れないこともないか」

見おろして、呟《つぶや》く。ほんのすこしだけ唇《くちびる》を開き、すうすうと気持ちよさそうに眠っている彼女を起こすのは気の毒で、シャルはできた隙間に体を滑《すべ》り込ませた。毛布をかけ直して眠ろうとして身じろぎするが、窮屈《きゅうくつ》だ。左肩にアンの頭が迫《せま》っているので、そこからアンの体温を、ふわりとした感触《かんしょく》で感じるのがくすぐったい。

この窮屈な姿勢で眠るのは、さすがにシャルでも無理だ。

げんなりして、ソファーで眠ろうかと上体を起こした。

ちらりとアンの方へ目をやると、月光が明るいので顔がぼんやりと見えた。まったく起きる気配もなく、すやすや眠っている表情は子供っぽくて、愛らしい。こんな子供みたいなくせに、彼女は必死に大人の女性らしく振る舞《ふま》おうとしているのが、なお一層面白《おもしろ》い。だが時々、ほんの一瞬《いっしゅん》だけ、シャルが誘惑《ゆうわく》されそうなほど女らしい表情をする事がある。その時には、シャルですらどきりとする。

――しかし基本的には子供だ。キスの回数を数えるなんて、馬鹿《ばか》なことをしている限りは。

眠る前。部屋に帰ってきたアンに口づけをしようとしたのだが、彼女が、シャルとの口づけの回数を披露《ひろう》するという馬鹿なことをしでかしてくれたおかげで仰天《ぎょうてん》し、なんとなくうやむやになったことを思い出す。

思い出すと、むっとした。結局、逃《に》げられたのだ。

思い出した腹立《はらだ》ち紛《まぎ》れに、デコピンでもしてやろうかと指を伸《の》ばしたが、その指は顔の近くで止まった。規則正しく繰《く》り返されるアンの呼吸を、指先に感じたのだ。それはふわふわ、ふわふわ、一定のリズムで指先をくすぐり、まるでシャルを誘《さそ》うかのようだ。

そっと指を伸ばし、唇に触《ふ》れた。呼吸は乱れることなく、アンの瞼はぴくりとも動かない。

指を離すと、両手をアンの体の両脇《りょうわき》について顔を間近に見おろす。花の香《かお》りに誘われる蝶《ちょう》のように、彼女に近づきたい衝動《しょうどう》が強くなる。

「アン」

囁《ささや》くようにそっと呼んだが、反応はなかった。

「キスするぞ」

と言ってみたが、やはり反応はない。

——だが、ちゃんと断った。

自分を納得させて、シャルは身をかがめ、覆《おお》い被《かぶ》さるようにして口づけた。ふわりとした柔《やわ》らかな体温の感触と、唇の滑《なめ》らかさ。それを同時に感じる。

——愛《いと》しい。

唇を離すと、シャルはそのままアンを抱《だ》きしめた。薄手《うすで》の木綿《もめん》の寝間着を通して、肩や腕《うで》、腰《こし》の細さがわかる。不用意に扱《あつか》えば壊《こわ》してしまいそうな気がするが、力一杯抱《ちからいっぱいだ》きしめてみたい衝動もあり、胸が甘く焦《こが》れる。

こんなふうに口づけして、抱きしめても、彼女がぐうぐう眠ったままなのが不満でもあり、また彼女らしくて愛らしくもあり複雑だった。

アンの髪《かみ》の毛からは、銀砂糖の甘い香りがする。ふわふわとした彼女を抱きしめ甘い香りを嗅《か》いでいると、シャルの中にある不安がやわらぎ、憎《にく》しみもやわらぐ。このままでいれば、すぐにでも眠れそうなほど心地《ここち》よかった。なのでもう、このまま眠ってやろうと決心した。

明日の朝、目覚めたアンがどれほど驚《おどろ》き慌《あわ》てるかは想像にかたくないが、恋人《こいびと》が望んだ口づけをうやむやにして、逃げだした罰《ばつ》だ。結局シャルは、一方的に勝手に望みをかなえたが、それは当然のこととしておく。

明日の朝、「四度目のキスは勝手に終わらせた」と報告してやればいい。そう思ったが、ふと意地悪い考えが浮《う》かぶ。

――教えてやる必要があるのか？

子供っぽく、いちいち口づけの回数を数えているアンにつきあってやる必要もない。勝手に回数を増やしておいて、彼女が一生懸命《いっしょうけんめい》数を数えているのをみるのも、面白いかもしれない。

――それなら。

シャルはちょっと体を起こし、もう一度アンに口づけた。

――五度目。

唇を離し、再び口づける。

――六度。

また、繰り返す。

――七。

このくらいでいいだろうと満足して、またシャルはアンを抱きしめる。

次に、目覚めているアンと口づけを交わすときが、楽しみで仕方がなかった。彼女は次で「四度目！」と、律儀《りちぎ》に心の中で数えているのだろうが、実は次が八度目だ。それを知っているのはシャルだけ。ふっと忍《しの》び笑って、満足して眠りについた。口づけの数を数える恋人の奇《き》妙《みょう》な行動も、悪くないと思った。

たわいない悪戯《いたずら》を楽しめることが、幸福だった。今はまだ、こんな時間がいつまで続けられるのかと不安ばかりが先立ちがちだ。

それでもいつか、望む限りずっとこんなふうに恋人とふざけあっていられる時が来るだろうと、信じたい。

あとがき

皆様《みなさま》こんにちは、三川みりです。今回は以前からこつこつ仕掛《しか》けていた仕込みが、明るみに出ました。砂糖菓子《がし》職人たちは「なんてことしてくれた！」と、大激怒《げきど》かもしれません。それでも、ここまで書かせてもらえたのは読者の皆様のおかげだと、感謝がつきません。

そして突然ですが、お知らせです。前巻の短編集あとがきで、シュガーアップル本編の前に別の本が出るかもと書きましたが、その本は、この本の翌月（二〇一三年一〇月）に出ることになりました。タイトルは『封鬼花伝』。絵を描《え が》く女の子の物語。イラストが由羅カイリ様という、奇跡《きせき》のような事実です。もし興味がありましたら、お手に取ってみてください。

新担当様。最初から、たくさんご迷惑《めいわく》をおかけしています。申し訳ないほど助けてもらっていますが、これからもよろしくお願いいたします。毎回素敵《すてき》なイラストを描いてくださる、あき様。あき様の絵を見るのが、新刊が出る時の一番の楽しみです！　読者の皆様、アンたちの先行きは大変そうですが、お詫び的な意味も込め、おまけがついています。シャルがやりたい放題です（笑）。皆様の気が向きましたら、またアンたちにおつきあい頂ければ嬉《うれ》しいです。

三川　みり

BEANS BUNKO

「シュガーアップル・フェアリーテイル 銀砂糖師と紺の宰相」の感想をお寄せください。
おたよりのあて先
〒102-8177 東京都千代田区富士見2-13-3
株式会社KADOKAWA 角川ビーンズ文庫編集部気付
「三川みり」先生・「あき」先生
また、編集部へのご意見ご希望は、同じ住所で「ビーンズ文庫編集部」
までお寄せください。

シュガーアップル・フェアリーテイル 銀砂糖師《ぎんざとうし》と紺《こん》の宰相《さいしよう》
三川《みかわ》みり

角川ビーンズ文庫 18135

平成25年9月1日 初版発行
令和6年3月5日 5版発行

発行者――山下直久
発　行――株式会社KADOKAWA
〒102-8177 東京都千代田区富士見2-13-3
電話 0570-002-301（ナビダイヤル）
印刷所――株式会社KADOKAWA
製本所――株式会社KADOKAWA
装幀者――micro fish

●お問い合わせ
https://www.kadokawa.co.jp/（「お問い合わせ」へお進みください）
※内容によっては、お答えできない場合があります。
※サポートは日本国内のみとさせていただきます。
※Japanese text only

ISBN978-4-04-100975-8C0193 定価はカバーに明記してあります。 ◆◇◇

角川ビーンズ小説大賞
原稿募集中！
君の"物語"がここから始まる！
角川ビーンズ小説大賞がパワーアップ！
https://beans.kadokawa.co.jp
詳細は公式サイトでチェック!!!
【一般部門】&【WEBテーマ部門】
賞金 大賞100万円
優秀賞30万円
他副賞
締切 3月31日
発表 9月発表（予定）
ト／紫　真依